"Nell'arte e nella letteratura, la figura femminile è un enigma avvolto nel mistero, una fonte inesauribile di ispirazione e bellezza."

Marco De Archangelis

Eva's Verses

Titolo originale: Eva's Verses

© 2023, Marco De Archangelis

Illustrazioni e immagini di Marco De Archangelis

Tutti i diritti sono riservati

Opera di fantasia. Nomi, luoghi ed eventi narrativi,
sono il frutto della fantasia dell'autore.
Qualsiasi riferimento con persone reali, viventi o defunte
eventi o luoghi esistenti sono puramente casuali.

Prefazione

In questo libro di poesie di Marco De Archangelis, le figure femminili emergono come protagoniste di un racconto intriso di complessità e bellezza. Attraverso la sua scrittura, Marco cattura le sfumature delle donne in varie sfaccettature, da muse ispiratrici a figure di forza e vulnerabilità.

Le poesie intrecciano storie di donne che danzano attraverso il peccato, incarnando la grazia e la potenza dell'esperienza femminile. Troverete ritratti di donne dalla forza silenziosa, che portano il peso delle proprie storie con dignità e risolutezza. Allo stesso tempo, Marco crea con maestria immagini di donne vulnerabili, navigando tra le sfide della vita con coraggio e grazia.

Le donne in questo libro sono più di semplici personaggi; sono archetipi viventi di emozioni umane, riflesse in modo autentico e toccante. Ogni poesia offre una finestra nell'anima delle donne, rivelando la loro complessità, la loro bellezza e la loro resilienza di fronte alla vita.

Attraverso la lente di Marco, le donne diventano poesia, incarnando le molteplici sfaccettature dell'essere femminile. Sono figure che invitano il lettore a esplorare il proprio intimo, a riflettere sulle connessioni umane e a celebrare la forza intrinseca nelle storie di donne che plasmano il mondo con la loro presenza.

Emily Langley

Prologo

In un mondo segnato da contraddizioni e oscure passioni, dove l'eterna lotta tra peccato e redenzione si svolge come una danza misteriosa, sorgono storie di donne temerarie, destinate a una vita di emarginazione e peccato. Donne la cui bellezza sensuale è una doppia spada, un'arma irresistibile nella loro ricerca dell'estasi e del totale abbandono nelle braccia del peccato.

Queste poesie sono un omaggio a queste anime erranti, a queste donne dai destini incerti, intrappolate tra il richiamo irresistibile del peccato e la pietà degli occhi giudicanti. Sono storie di donne che non si inchinano alla penitenza, ma piuttosto si immergono nell'abisso della passione, consapevoli delle conseguenze, con la bellezza come scudo e la seduzione come arma.

Ogni parola scritta è un canto di ammirazione per la loro forza, per il loro coraggio di percorrere il sentiero meno battuto. In queste poesie, troviamo la loro ribellione contro le norme, la loro sete di libertà, la loro determinazione a vivere una vita senza rimpianti, anche se il prezzo da pagare è l'emarginazione sociale e il perpetuo confronto con il peccato.

Sono storie di donne che danzano sul filo sottile tra la luce e l'oscurità, donne il cui destino è avvolto in un'aura di mistero e desiderio. In queste poesie, celebriamo la loro bellezza incantevole e la loro sfacciata sensualità, poiché sono loro stesse l'incarnazione dell'eterna lotta tra il peccato e la redenzione, tra il desiderio proibito e l'ardente ricerca della libertà.

Esilio

Nella penombra del convento antico e sereno,
Una sorella, nell'ombra, nascondeva il suo dolore,
Incatenata dall'amore proibito, il suo segreto terreno,
Una vita nascosta, un destino di rimpianto e dolore.

Viveva nell'ombra delle celle in preghiera,
I suoi occhi casti tradivano un segreto oscuro,
Un amore ardente che le bruciava come fiamma leggera,
Un frutto proibito che avrebbe portato il futuro scuro.

Nella solitudine del bosco, esiliata e lontana,
Portava in grembo il frutto del suo peccato,
Un bambino innocente, nato da un amore insano,
Nella notte senza stelle, sotto il manto nero del fato.

La natura le offriva rifugio, un nuovo inizio,
Ma la sua anima era gravata da un peso immenso,
Viveva da sola, nel silenzio e nel freddo invincibile,
Con il cuore spezzato, un amore dimenticato,
Senza respiro intenso.

Nel bosco oscuro, tra le ombre e i sussurri del vento,
Una sorella del convento, esiliata e sola,
Portava il suo segreto, il suo dolore, il suo tormento,
Nel mondo dimenticato, sotto il peso di un amore sbagliato.

Egoismo

Nella bruma d'un bosco misterioso e antico,
Una strega dai lunghi capelli bianchi, eterea e bellissima,
Condannata a vagare, destino tragico,
Perché dell'amore di sé fu innamorata, una scelta sinistra.

I suoi lunghi capelli come onde argentee,
Sfioravano la notte con grazia e mistero,
Ma il suo cuore, egoista e vano, non aveva pietà,
E l'amore per se stessa fu il suo unico pensiero.

Nelle nebbie fitte del bosco incantato,
Tra alberi e creature delle leggende,
La strega erra, il suo volto scolpito dal peccato,
In eterno esilio, tra rimpianti e dispiaceri attende.

Così imparò la lezione severa,
Perché l'amore di sé era l'unico faro,
Nel cuore, l'egoismo la condusse alla perdizione vera,
E la portò in un mondo di ombre e sogni amari.

Metamorfosi

Nella scuola, un'ombra pallida, solitaria figura,
Una ragazza albina, un'anima pura,
Schernita dai compagni per il suo aspetto diverso,
I capelli come la neve, il viso d'avorio, occhi di universo.

La sofferenza segreta che in silenzio portava,
Il desiderio di essere accettata, di appartenere al mondo,
La spingeva verso l'isolamento, dove cercava,
Una via per sfuggire al tormento profondo.

Ma il tempo trascorse, e la giovane donna sbocciò,
La sua bellezza unica come un raggio di luna,
Capelli d'argento come una notte stellata, sgargiò,
E occhi azzurri come il cielo, una promessa opportuna.

La sua pelle candida incantava chiunque la vedeva,
E il suo fascino divenne un'arma irresistibile,
La ragazza albina, alla vita s'abbandonò, desiderando,
Che il mondo sapesse ora quanto era indimenticabile.

Lei, una volta derisa, divenne un sogno proibito,
Una giovane donna amata, con un sorriso trasognante,
I cuori erano incatenati, nessuno poteva resistere,
Alla bellezza misteriosa di quella creatura affascinante.

Ma nel suo sguardo rimaneva il ricordo di un dolore antico,
Di giorni trascorsi nell'isolamento e nell'oblio,
Un monito su come l'umanità spesso giudica con frettolosità,
Senza vedere la bellezza nell'anima, nel vero cuore del desiderio.

Solitudine

Nel cuore di un bosco dove l'ombra regna,
Vive una strega dagli occhi di luna piena.
I capelli d'argento le ondeggiano al vento,
Ma il suo destino è un eterno tormento.

Era innamorata solo di se stessa,
Inspecchiata nell'acqua di un lago,
Narcisismo la sua unica bellezza,
E l'amore vero aveva abbandonato.

Le foglie danzano al chiaro di luna,
Mentre la strega vaga senza meta,
Nel bosco oscuro, sotto la bruma,
Con il rimorso che inesorabilmente l'aspetta.

Condannata a vagare, solitaria e triste,
Le sue trecce d'argento non le danno pace,
Un destino amaro, da cui non esce,
Perché l'amore vero ha perso, mai più riacquista.

Nel bosco magico, tra le nebbie spesse,
La strega con i capelli bianchi sospira,
La lezione dell'egoismo imparata, dura e tesa,
Nel buio eterno del suo cuore, si rimira.

Riflessi

In un convento antico, un mondo santo e sereno,
Una suora devota, in preghiera e pensiero,
Nella quiete notturna, tra ombre di mistero,
Scoprì una stanza segreta, uno scrigno d'inganno.

Piena di specchi che riflettevano la luce,
Le pareti risplendevano di bagliori incerti,
La suora s'immerse nel gioco dell'illusione,
E nella solitudine, l'amore nacque, aperto e sincero.

Guardando la sua immagine, occhi negli occhi,
Lentamente il fuoco della passione scoccò,
Nel suo cuore, un sussurro di desiderio,
Le parole d'amore sussurrate allo specchio risuonarono.

Nelle notti segrete, la suora si svelò a sé stessa,
Innamorata dell'immagine, un amore ardente,
Un'esperienza proibita, un profondo travolgimento,
Nel convento di preghiere,
L'innocenza si perse nell'amplesso ardente.

Ma l'amore è un sentimento che tutto avvolge,
Nella sua profondità, svela il suo vero volto,
La suora, divisa tra dovere e passione, si scoprì,
Nel dilemma di un amore segreto, un segreto tumultuoso.

Vendetta

Nel mondo dell'arte e del mistero orientale,
Una donna tradita, nascosta la sua verità,
Sotto il trucco e l'abito, il suo cuore male,
L'amore tradito, divenne vendetta, crudeltà.

In silenzio tessé l'astuta tela dell'inganno,
Svelando segreti nascosti, attimo dopo attimo,
Ma il traditore restava ignaro del suo destino,
Fino a quando fu scoperto il suo doloroso piano.

La donna fu catturata, in una rete di tradimento,
Il suo sguardo freddo, senza rimorso né lamento,
Condannata a morte, nel palazzo del giudizio,
Ma il suo viso non tradiva l'emozione, il sacrificio.

Nella fredda notte della condanna, il momento crudele,
La lama affilata si abbatté con un taglio fatale,
Ma nei suoi occhi, rimase l'indomito orgoglio,
Perché il suo spirito rimase libero, nel suo ultimo respiro.

Così, una donna vendicativa con un cuore di pietra,
Nella tragedia e nella vendetta perse se stessa,
Il suo sguardo, immutato, senza emozione né rimorso,
Una storia di tradimento e vendetta, un oscuro corso.

Fuoco

Nel bagliore dei suoi capelli rossi, come il fuoco ardente,
Una donna brucia, la passione nei suoi occhi splendenti,
Il desiderio incontrollabile, un fuoco che divampa,
La tentazione la trascina, in un vortice che la incanta.

Nelle tenebre della notte, sotto il velo dell'inganno,
Si concede al tradimento, un amore proibito, insano,
Bacia con fervore, come se il tempo si fosse fermato,
In un abbraccio lussurioso, i desideri avverati, nascosti.

Adultera e lussuriosa, la sua carne tradisce l'anima,
Il piacere carnale la sospinge in un vortice di brama,
Come se di giorni per amare non ci dovessero più essere,
Sotto le stelle, nel peccato, un desiderio che non vuole spegnere.

Ma nell'eco dei sospiri e dei baci, la passione si dissolve,
Nel tradimento, nell'adulterio, una storia che si risolve,
Nella lussuria e nell'estasi, la notte svanisce lenta,
E lei si ritrova sola, nell'ombra, inquietamente tormentata.

Sangue

Nelle notti senza fine, una vampira dannata,
Per secoli, percorre le strade oscure, assetata,
La sete del sangue, il tormento eterno che la guida,
Tra i mortali, cercando quel calice che la guarirà.

Ma un amore le ha sconvolto l'anima oscura,
Una donna di bellezza incantevole, luce pura,
Nel cuore di quella vampira, la passione fatale,
Ma il terrore di condannarla la rende vulnerabile.

La donna desidera l'eterna esistenza, la dannazione,
Sprezzando il timore dell'oscurità e del peccato,
Con l'inganno di una malattia finge la sua condizione,
E spinge la vampira ad abbassare il morso su un seno stregato.

Nel momento di un bacio eterno, il destino si cela,
Il desiderio ardente, il piacere svelato,
La vampira morde il seno, donando l'immortalità,
Un patto segreto tra la vampira e la sua amata.

Da quel momento, vivranno nell'eternità insieme,
Una storia d'amore dannata, un patto contro ogni sistema,
Tra la luce e l'oscurità, tra il peccato e il desiderio,
La vampira e la sua amata, nell'eterno rossore del bacio.

Tormento

Nel riflesso del tempo, il corpo invecchia lentamente,
Una donna che sfida il tempo, apparentemente,
Ancora bella e desiderata, ma il dubbio la tormenta,
Cattivi pensieri la puniscono, l'anima è tormentata.

Apre la porta della sua sessualità, sperimenta il desiderio,
Con uomini e donne, cerca conferme, il fuoco del brio,
Ma nel buio della notte, quando il mondo è silenzio,
Il tormento del peccato la insegue nei sogni intensi.

Sotto le lenzuola, consuma la sua brama ardente,
Nel vortice della lussuria, con sconosciuti coinvolgente,
Ma quando gli occhi si chiudono, e il sonno la abbraccia,
Il peso del peccato la raggiunge, senza tregua o clemenza.

Nel suo sogno, l'oscurità danza intorno al suo cuore,
Un'ombra che la avvolge, le urla strazianti d'orrore,
Un ciclo senza fine di desiderio e auto-tormento,
Una donna in cerca di pace, ma intrappolata in un lamento.

Eternità

Nel buio delle visioni, durante un evento tragico,
La morte le apparve come un angelo, un incontro magico,
Né maschile, né femminile, un'entità senza età,
Nel suo abbraccio, trovò conforto, e amore rintracciò.

Il coma l'abbandonò, svegliandola dalla visione,
Dalla presenza di quell'angelo, senza definizione,
Strappata al suo amore, risveglio infame,
Dal tocco della morte, nel suo cuore un vuoto immane.

Attraverso gli anni, le tragedie altrui l'avvicinarono,
Sentendo la morte sempre più vicina, la cercò,
Un ritorno, un segno, un battito di cuore basterebbe,
Per rivedere l'amore impossibile, che sempre desidererebbe.

Rassegnata alla realtà inesorabile della morte,
Decise di cercare l'amore perduto, senza scampo o forte,
Solo un modo possibile le sembrava rimanesse,
Il suicidio, un atto estremo, ma solo così l'amore revivesse.

Nel momento fatale, cercando la morte come l'antico amante,
Lei sperava di ritrovare quell'angelo, lì, in un istante,
Ma forse nell'aldilà, il destino avrebbe sorriso o punito,
E nell'eternità, l'amore e la morte, insieme, avrebbero unito.

Indesiderato

Nella notte fredda e gelida, il suo passo incerto,
Una donna condannata, il peso dell'adulterio addosso,
Porta con sé un figlio, frutto del peccato e del mistero,
Nel buio della sua anima, il tormento le si è impresso.

L'indesiderato fardello, come un macigno sul petto,
Una condanna all'esilio, il destino ingiusto e crudele,
Le lacrime si mescolano al freddo e al gelo perfetto,
Nel cuore infranto, la speranza svanisce, crudele.

Cammina sola tra i boschi, sotto il cielo stellato,
Nel silenzio della notte, in cerca di un caldo riposo,
Abbandonarsi al sonno, dimenticare il peccato,
Nella morte, spera di trovare un eterno ristoro.

Ma nell'abbraccio della notte, la morte le sfugge via,
Il suo cuore, solitario e infranto, continua a battere,
Nelle ombre della disperazione, trova la forza che c'è in lei,
Per portare avanti il figlio, anche se il mondo vuole giudicare.

La sua storia tragica, un peso che porta con dignità,
Una donna condannata, ma nel suo amore materno, integrità,
Nel freddo dell'esilio, nell'oscurità della notte,
Spera che un giorno, la luce possa portarle un po' di calore.

Incatenati

Nel cuore delle notti gelide, sotto le lenzuola di seta,
La nobile signora e il giovane segreto si incontrano,
Con passione e desiderio che non conoscono tregua,
Tra le mura fredde del castello, un amore proibito sfiorano.

Corridoi segreti e angoli nascosti, un loro regno segreto,
Lontano dagli occhi indiscreti, il loro giuramento suggella,
Ma il giovane, divorato dal rimorso, supplica nel petto,
La nobile signora lo minaccia, la sua posizione impone e fredda.

Nel tremare del giovane, la paura e il desiderio si mescolano,
Con la signora che lo incatena con la sua lussuria sibilante,
Rassegnato al peccato, sotto il suo corpo ardente si abbandona,
Nel castello, tra il freddo delle pietre,
Un amore segreto agonizzante.

Le notti di peccato e passione si susseguono senza fine,
Il giovane implora pietà, ma la signora si fa fiera e malvagia,
Incatenati dalla brama, si trovano in un oscuro confine,
Tra l'ardente desiderio e il tormento,
Di un amore proibito che non cessa.

Fino a quando l'oscuro destino, con la sua mano crudele,
Li trascina in un vortice di passione e segreti inenarrabili,
Nel castello che nasconde il loro peccato e il dolore irreale,
La nobile signora e il giovane amante,
Si avviano verso un finale indescrivibile.

Consolazione

Nel silenzio delle notti insonni, tra le mura di lutto,
Una vedova sola, il ricordo dell'amato le è come un frutto,
Nelle memorie della passione e dell'ardore,
Che un tempo condivise,

Trova conforto e consolazione,
Nei momenti in cui la malinconia le colse.
Ma il tempo, implacabile, ha cambiato il suo desiderio,
Le carezze solitarie non bastano più, è un fatto indiscutibile,

Nel cuore della notte, avvolta dal lutto,
Si aggira in cerca di un'altra compagnia,
Qualcuno che possa ridestare in lei un brivido di vita e gioia.
Così, di giorno una vedova sconsolata, nel suo abito di lutto,

E di notte, come una donna in cerca di consolazione,
E tutto ciò che è bello, nelle strade buie, tra l'ombra e la luce,
Trova un'ancora di salvezza,
Un modo per far fronte alla solitudine,
In un mondo che le è sconosciuto.

Pazzia

Nel chiarore del tramonto, il fiume si srotola lento,
Una donna dai capelli rossi, il suo sguardo spento,
Si abbandona dolcemente alla corrente fredda,
Sperando in un abbraccio, che la morte le conceda.

Un amore non corrisposto, l'ha portata alla pazzia,
Notti insonni e giorni grigi, un tormento che non cede,
Nel riflesso dell'acqua, la sua mente divaga,
E il fiume le sembra un rifugio, un'ultima preghiera.

Le onde la cullano, come amiche silenziose,
Tra i sussurri dell'acqua, trova la pace,
Ma il destino è crudele, il fiume non concede,
Il dolce abbraccio della morte, e lei nell'acqua giace.

Le stelle guardano dall'alto, impassibili e serene,
Mentre il fiume l'inghiotte, il suo respiro si fa lento,
Un'ultima canzone nel suo cuore, come un canto d'addio,
Nella notte eterna, la donna dai capelli rossi si è spenta.

Invidia

Nel suo cuore, la gelosia ferve come un veleno,
Osserva la giovane con occhi acuminati, sguardo pieno,
Si prende cura di lei, del suo corpo e della bellezza,
Ma i pensieri la trascinano nell'intrico labirinto della sua tristezza.

La passione e il desiderio le bruciano dentro,
Vorrebbe essere come lei, ma il sentimento si fa intenso,
La bellezza della giovane la spinge all'invidia,
Desiderando che non esistesse una bellezza così invidiabile.

L'ossessione la divora, come un fuoco ardente,
La sua mente, un turbine di gelosia feroce, persistente,
Nel suo cuore, vorrebbe cancellare quella bellezza,
E il tormento della sua invidia la fa impazzire nell'armonia stessa.

Nel labirinto delle emozioni, la donna è imprigionata,
Intricata nella rete della sua invidia, ormai disperata,
Nella sua follia, il desiderio di diventare la giovane svanisce,
E la gelosia la tormenta, finché la sua anima non si placa.

Vorrebbe essere come lei, baciata dalla bellezza,
Il suo tocco esperto, una maschera che nasconde la sua pena,
Nel labirinto dei suoi pensieri, si perde nella sua fortuna,
Ma il desiderio di essere qualcun altro rimane un sogno lontano.

Algida

Tra i ciliegi in fiore, una geisha dagli occhi di ghiaccio,
Capelli bianchi come neve, pelle di porcellana, un laccio,
Di bellezza senza eguali, oriente mai vista così,
Gli uomini si perdono, nel desiderio senza fine, giù giù.

Una bellezza inarrivabile, un sogno irraggiungibile,
Gli uomini si eliminano a vicenda, in un delirio invisibile,
Eppure, lei resta fredda, come il ghiaccio nei suoi occhi,
Gode del potere, mentre gli uomini muoiono nei giochi.

Li lascia distruggere, come se fosse una divinità,
Nell'ebbrezza del desiderio, nella notte senza pietà,
Ma la geisha rimane intatta, il suo cuore è di ghiaccio,
In un mondo di follia e abbaglio, lei cammina senza strazio.

Nessun uomo può conquistarla, né la sua bellezza né il suo cuore,
La geisha dagli occhi di ghiaccio, vive fuori da ogni rumore,
Nella sua solitudine, lei danza tra ciliegi in fiore,
Una meraviglia inaccessibile, in un mondo di desiderio e dolore.

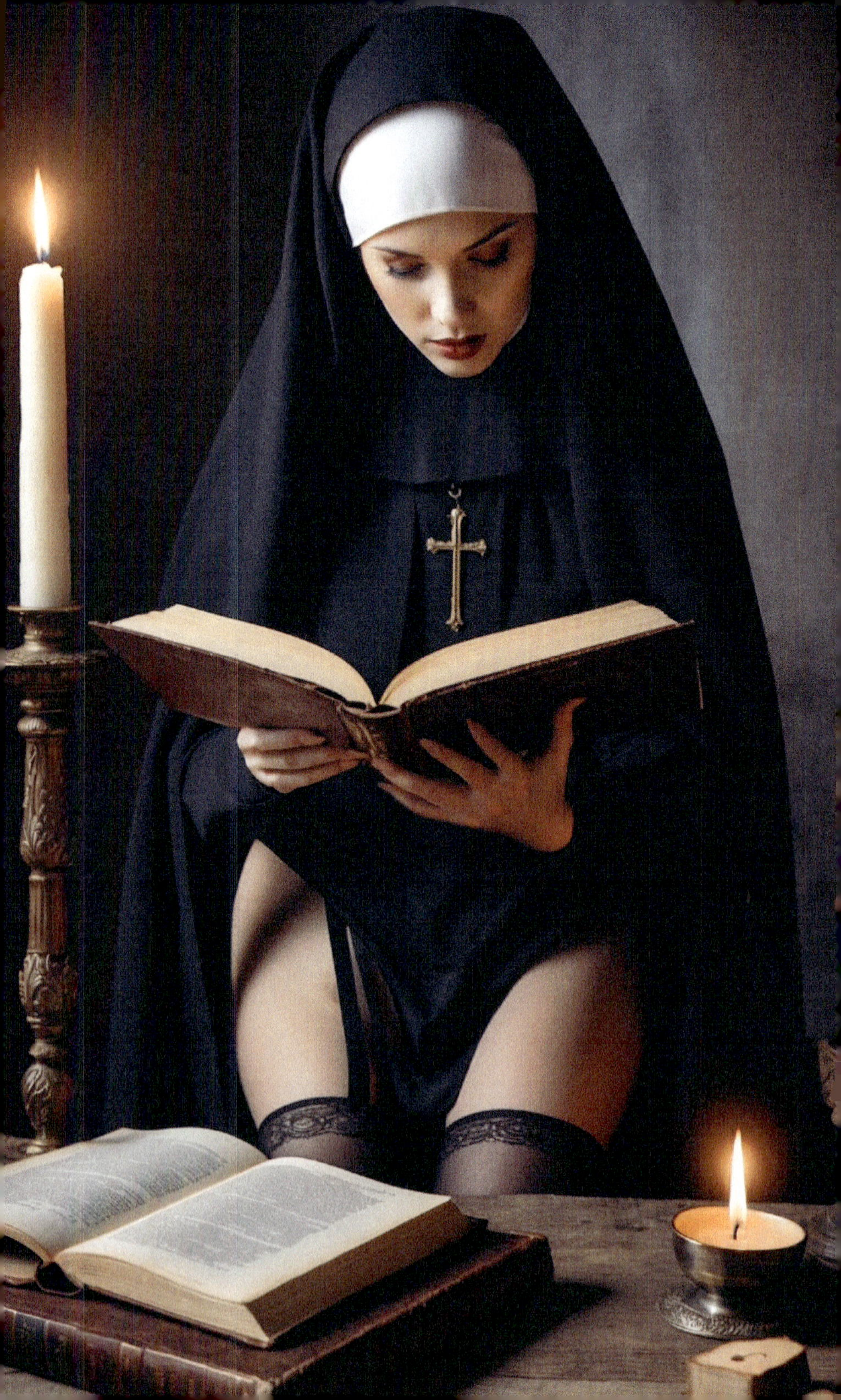

Proibito

Nelle segrete del convento, nascosto al mondo,
Una suora dalla fede incerta, il suo cuore tumultuante,
Un antico libro scopre, un segreto che la sconvolge,
Nelle notti insonni, tra le pagine si dissolve.

Le parole proibite risvegliano il suo desiderio,
Un fuoco antico, un'ardente passione sotto il velo,
Nel silenzio del convento, il dilemma le è sentiero,
Tra la fede e la tentazione, un percorso incerto, un mistero.

Il richiamo del peccato sussurra, la tentazione la circonda,
Tra la sua devozione e la passione, una lotta profonda,
Nelle segrete del convento, il destino è incerto e complesso,
Una suora in cerca di risposte, nel libro proibito si confonde.

La sua storia segreta, come una poesia nascosta tra le righe,
Tra la fede e il desiderio, il suo cuore si agita e si stringe,
Nel convento, il segreto e la passione si intrecciano come rime,
Una lotta interna, un cammino in cui il suo destino s'imprime.

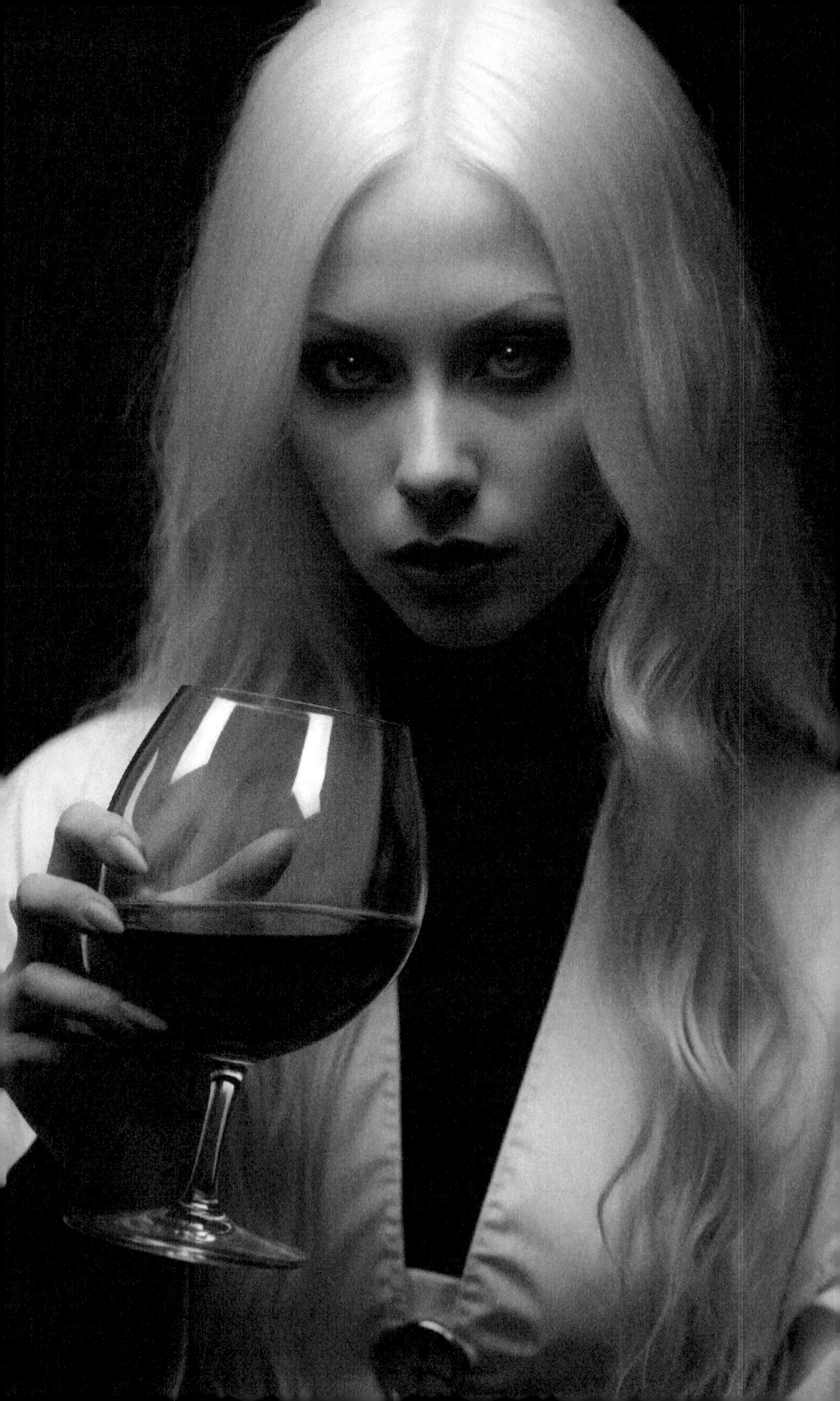

Veleno

Nel cuore della notte, tra luoghi misteriosi e oscuri,
Una donna alchimista, segreta e appassionata, fa il suo ingresso,
Nel suo laboratorio nascosto, inizia il suo incantesimo,
Un'arte antica, in un mondo di magia e mistero, è il suo evento.

Con maestria, crea pozioni e elisir, il suo potere rivelato,
Sospiri di vittoria, sguardo ardente, un destino orchestrato,
Le sue vittime, donne desiderate, inconsapevoli e tentate,
Nel gioco della vendetta, il suo piano ben progettato.

Elimina le sue rivali, con dolci boccali di vino,
Il veleno sottile, nel calice brilla, un destino maligno,
Ma nell'arte dell'alchimia, lei è la regina indiscussa,
Tra segreti e inganni, la sua passione la rende feroce e augusta.

Nel suo laboratorio segreto, la magia si intreccia con la realtà,
E tra veleni e incantesimi, ella crea la sua fatalità,
In una storia di fantasia, dove il mistero è sovrano,
L'alchimista intreccia le sue trame, con ardore sovrano.

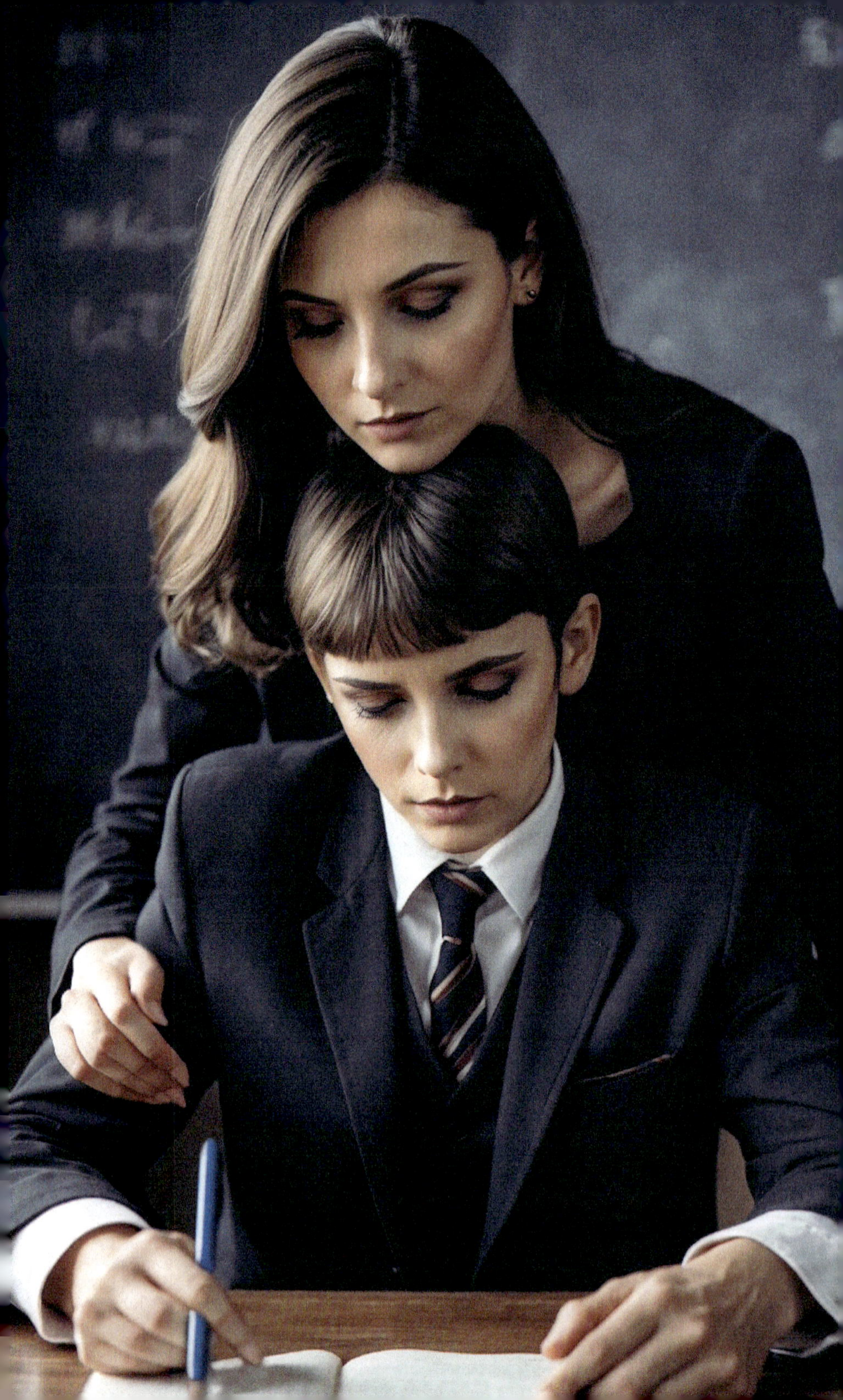

Confini

L'insegnante tra i banchi di scuola, autorità e rigore,
Ma del giovane bello, desiderio e fervore,
Matura e sensuale, il proibito che fa male,
Lo studente ammaliato, desiderio ricambiato.

Nel silenzio di un'aula, tra banchi di scuola e sogni,
Un leggero sussurro tra un insegnante e uno studente si insinua,
Il battito di cuore, un momento di tentazione,
L'insegnante e uno studente, in un gioco sottile di contatti rubati.

Tra le lezioni e interrogazioni, si intrecciano sguardi furtivi,
Desideri nascosti, in un mondo di segreti, senza malintesi,
Tra i banchi di scuola, una storia delicata emerge,
Di passioni sospese, di un amore che non osa dirsi.

Oltrepassando i confini, tra colpa e decenza, una trama si dipana,
Un equilibrio di tensione e silenziosa presenza,
Nell'aula in penombra, tra sogni e aspirazioni,
L'amore proibito, contatto e desiderio,
Senza contraddizioni ne resistenza.

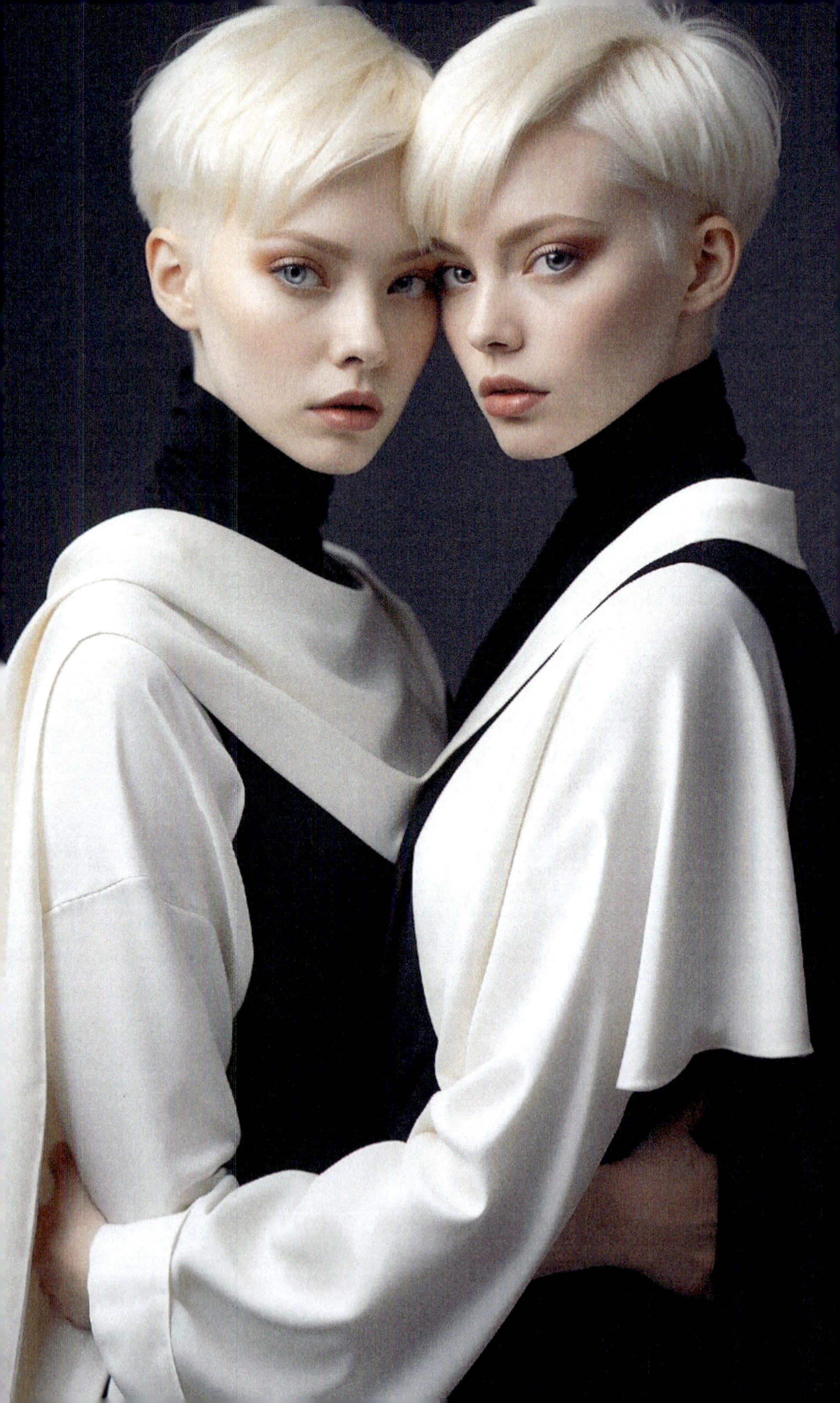

Legate

Nel giardino dell'infanzia, due gemelle danzano,
Inseparabili, il legame è profondo, intenso, sano.
Ma quando la distanza le separa, il malessere si fa avanti,
Una tormenta sottile, un richiamo che è loro amante.

Crescono, giovani donne, il malessere diventa passione,
Un fuoco dentro, un sentimento che cresce senza ragione.
Desiderio ossessivo, come l'ombra che le segue,
L'attrazione insana si trasforma, l'amore si muove.

Una possessività pericolosa, un vortice di emozioni,
Attrazione corporea e mentale, incontrollate passioni.
Nel turbinio del desiderio, il confine si dissolve,
Due anime gemelle, in un gioco di amore, si risolvono.

Il destino intrecciato, come fili di un antico telaio,
Due gemelle inseparabili, in un mondo di desiderio,
Le sfide dell'amore, tra le pieghe del mistero,
Labbra che si uniscono, corpi che si fondono,
Di un amore insano.

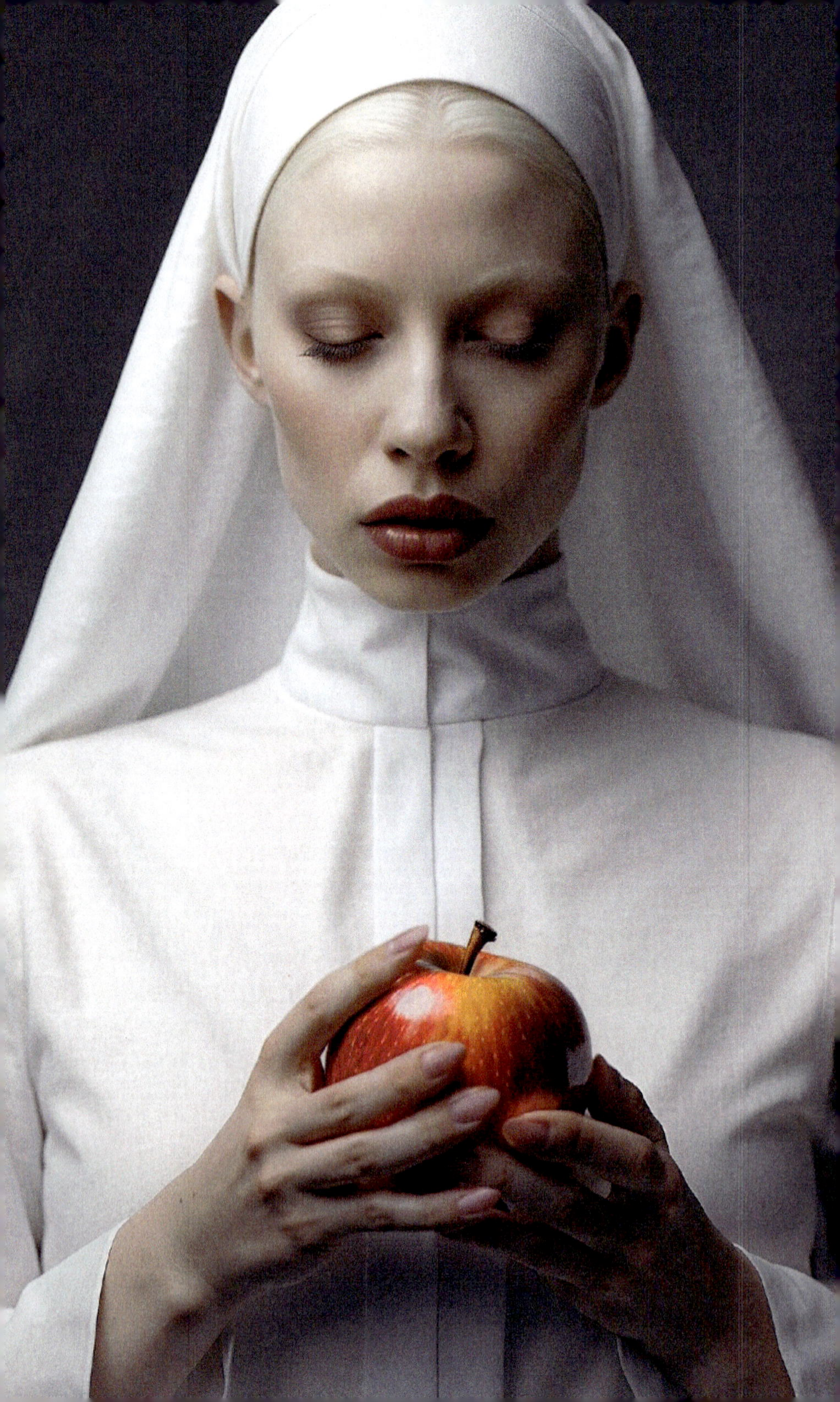

Potere

Tra le ombre di desideri proibiti,
Una donna danzava tra i giorni perduti.
Sensualità tessuta come fili d'inganno,
Il frutto proibito, il suo misterioso affanno.

Con occhi che riflettevano la notte,
Attraversava cuori come coltelli sottili,
Sognava di dominare il mondo a suo piacimento,
Ma la vita ha un modo di insegnare il suo tormento.

Intrigo e passione, il suo destino tracciato,
Aveva il potere, o almeno lo credeva,
Sessualità come arma, una moneta di scambio,
Ma il rifiuto arrivò, improvviso e strano.

Nel complesso di impotenza, si ritrovò sola,
Le illusioni infrante, la sua anima in lotta.
Il frutto proibito diventò una catena,
E la sua forza svanì, come un'ombra senza pena.

E così, la donna dai sogni contorti,
Scoprì la fragilità, il vuoto dei suoi porti.
La sessualità usata come chiave dorata,
Si trasformò in una prigione, la sua sorte incatenata.

Nel buio dell'impotenza, cercò la redenzione,
Ma le sue ali erano spezzate, senza direzione.
Un'avventura di desideri, ora un fardello pesante,
La donna cercava la luce, nel suo cammino vacillante.

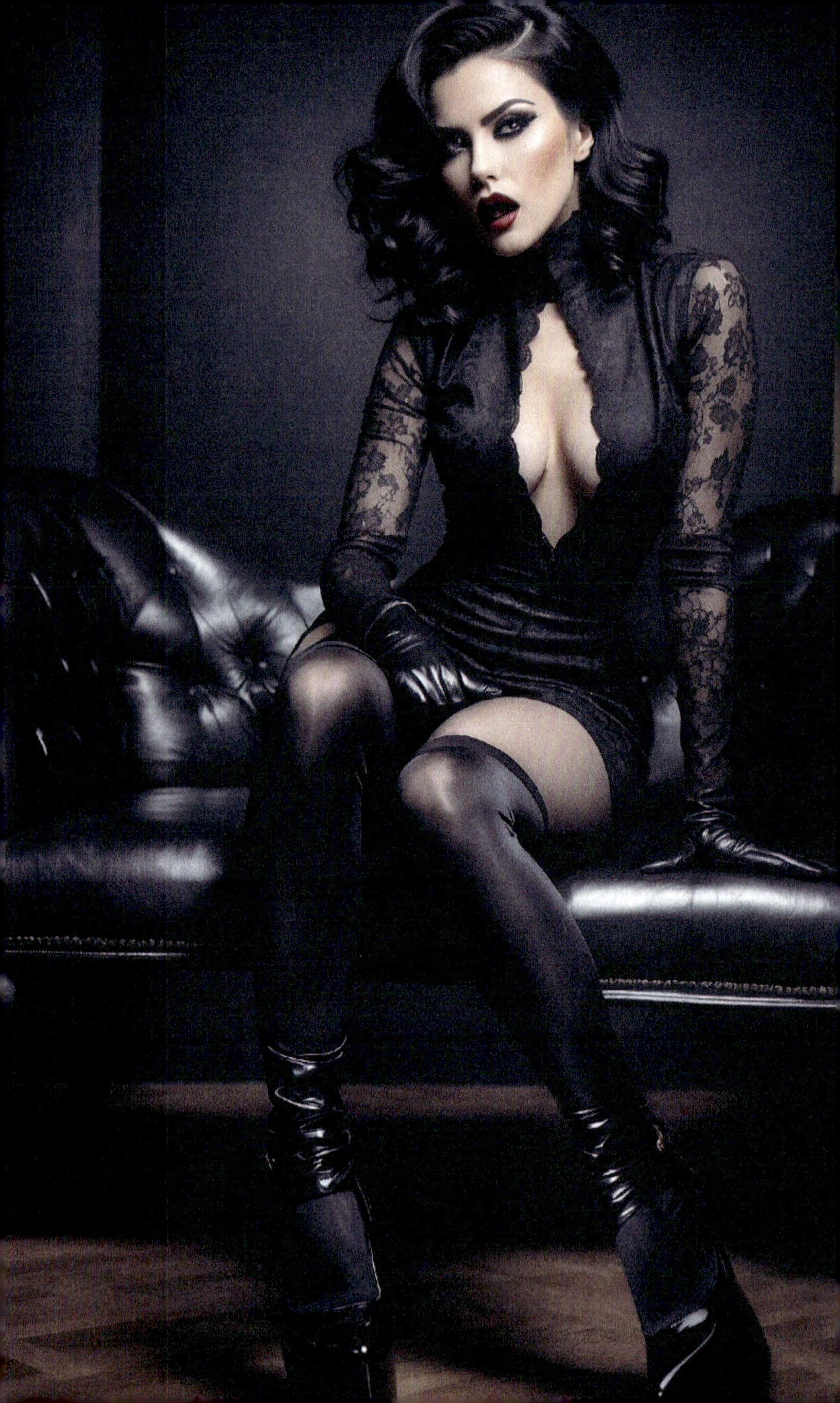

Dominio

Tra le ombre danza la donna fatale,
Bellezza avvolta in un manto sensuale.
Sensualità, sua arma e dominio,
Controllo su cuori, un oscuro fascino.

Gli occhi ardenti, come fiamme di fuoco,
Attraversano anime, scatenano un gioco.
Le vittime cedono, sotto il suo incantesimo,
Pronte a qualsiasi sacrificio, a qualsiasi estremo.

Sotto il suo controllo, un desiderio sottile,
Le vittime si perdono, nel suo regno fragile.
Fanno promesse nell'oscurità profonda,
Solo per un'altra carezza, un'altra risposta.

E lei, padrona di passioni nascoste,
Si abbandona al gioco, il suo piacere è il costo.
Nelle braccia del desiderio più subdolo,
Gode del potere, del controllo, del suo volo.

Bellezza fatale, il suo regno è il peccato,
Un'ombra avvolta dietro il sipario del tramonto.
Nelle notti senza fine, il suo dominio si espande,
Sensualità che brucia, come fiamma che incende.

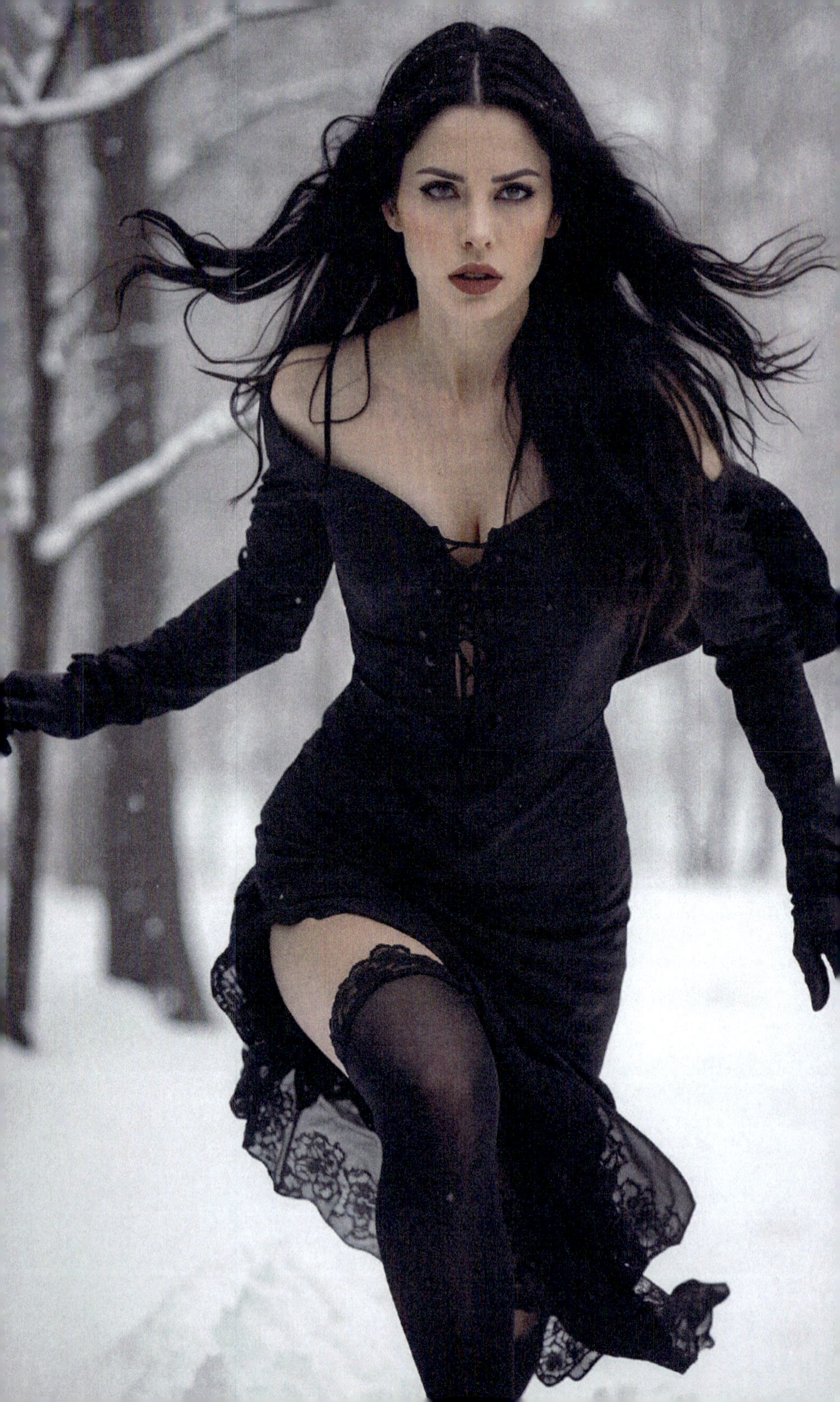

Fuga

Tra le valli in ombra e il crepuscolo dorato,
Una donna ambì a un desiderio complicato.
Con occhi che bruciavano di seduzione,
Voleva esser la più desiderata, un'ossessione.

Sedusse gli uomini, il suo incantesimo intrecciò,
Ma l'amore rubato, a vendetta si tramutò.
Le donne tradite, cuori infranti di gelosia,
Scopriron l'inganno e scatenaron la caccia.

Tra i fiocchi di neve e il vento che ulula,
La donna fatale fuggì nella notte assolata.
Inseguite da donne ferite, torce a illuminare,
Le tracce nella neve, la storia da narrare.

L'inverno eterno sembrava non finire mai,
La fuggitiva correva, nella neve alta e cupa.
Il destino crudele l'attendeva, lì, in agguato,
Tra le ombre della sua stessa malvagità.

Le voci nell'aria, come un lamento selvaggio,
Accompagnarono la caccia attraverso il paesaggio.
La donna fatale, traditrice di cuori e legami,
Inseguita da un'ira che bruciava come fiamme.

Sotto il manto del cielo, freddo e severo,
Nel gelido inverno, un epilogo amaro e nero.
Tra le impronte nella neve, la sua fuga svelata,
La donna fatale, nel buio, da destino segnata.

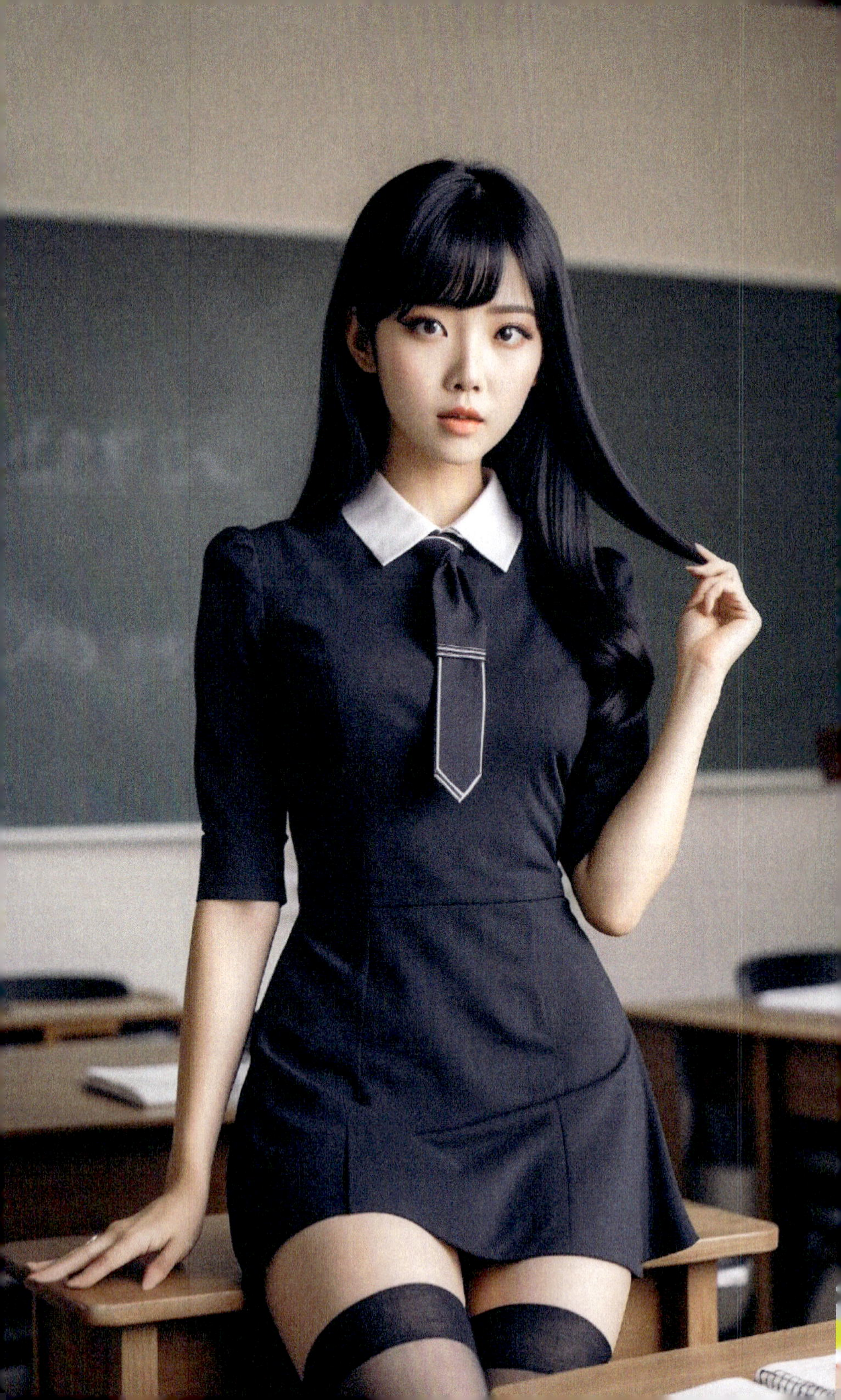

Ingenuità

In una scuola, giovane e audace,
Tra banchi e aule, cresce, un'aura inebriante.
Ignara della sua seduzione, troppo giovane per capire,
Attira gli sguardi, la bellezza a fior di pelle a palpitare.

Atteggiamenti ambigui, tra i compagni e gli insegnanti,
Un velo di disagio si diffonde, tra sguardi riluttanti.
Nel regno della scuola vuole primeggiare,
La sensualità nel suo cuore, un desiderio da svelare.

Calze nere e camicette scollate, le sue armi segrete,
Vuole farsi notare, tra gli elogi e le strette.
Rimproveri e critiche sembrano non servire,
Della sua bellezza e seduzione vuole approfittare.

Sotto il peso degli sguardi, la sua sete di dominio,
Tra gli enigmi dell'età, un cammino nel confino.
In un mondo di studio, ambizioni da sfoggiare,
La giovane studentessa, nella sua bellezza, vuole brillare.

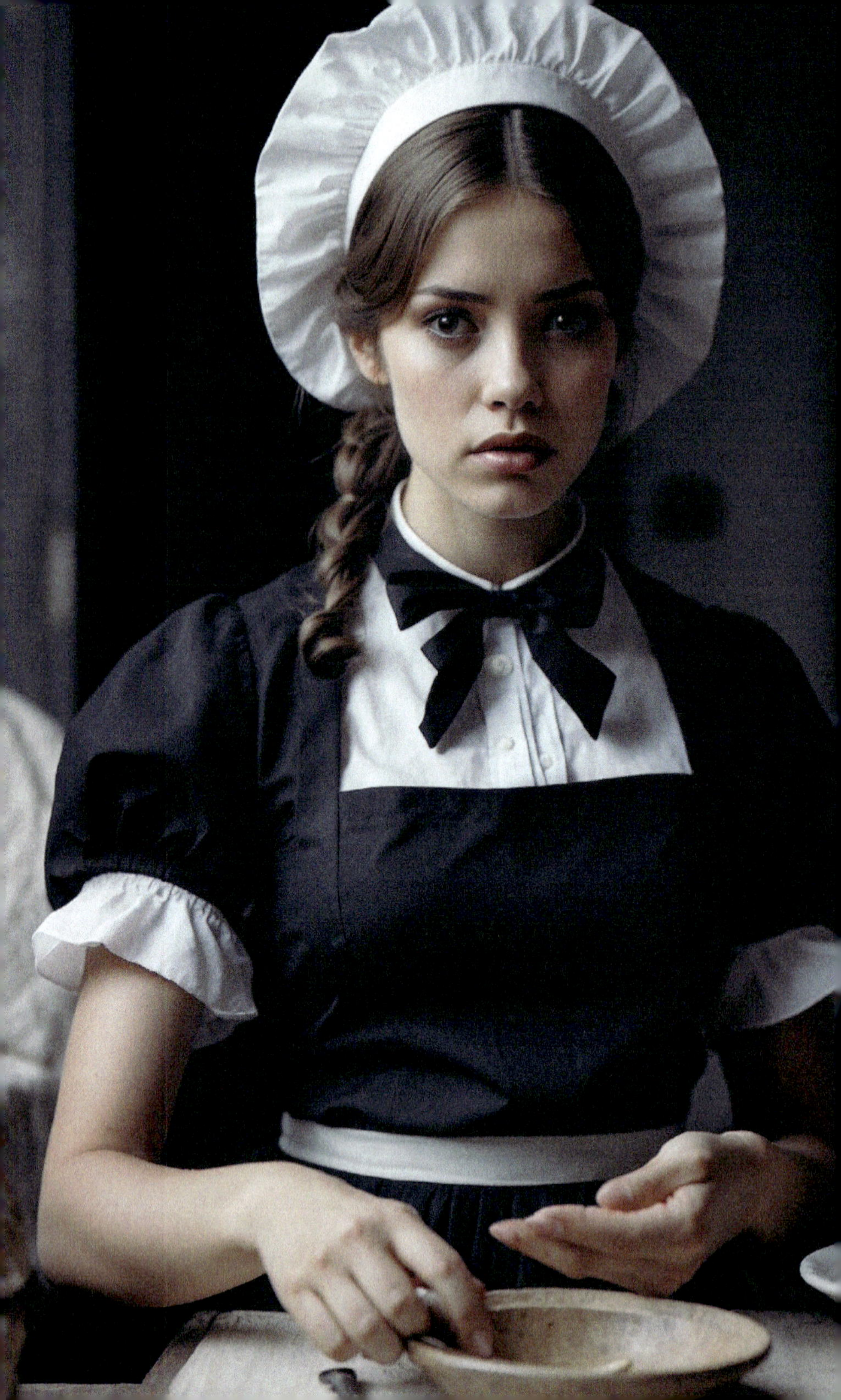

Miseria

Nella sala d'argento di giorni oscuri,
Una giovane cameriera triste, sguardi impuri.
Bellezza opaca da una vita di servitù,
La povertà la rese schiava di crudeltà.

Padrone vile, detentore del suo destino,
Apprezzamenti volgari, palleggiamenti indecenti,
Sopravvivere costretta in quel cupo cammino,
La giovane cameriera nel suo destino riluttante.

La servitù silente, compagna di miseria,
Consolazione nel silenzio, un'antica materia.
Giorni che sembrano non finire mai,
Stanca di quel tormento, la giovane soffre assai.

Coraggio mancante per la strada dell'oscurità,
Fuggire da quella vita sembra impossibilità.
Piano audace germoglia nella mente stanca,
Veleno nel piatto, la scelta della strega franca.

Libertà sorse dal sapore amaro,
Il padrone cadde, il destino ingannato.
Padrona in lutto, buona e gentile,
Finalmente la giovane cameriera trova la pace.

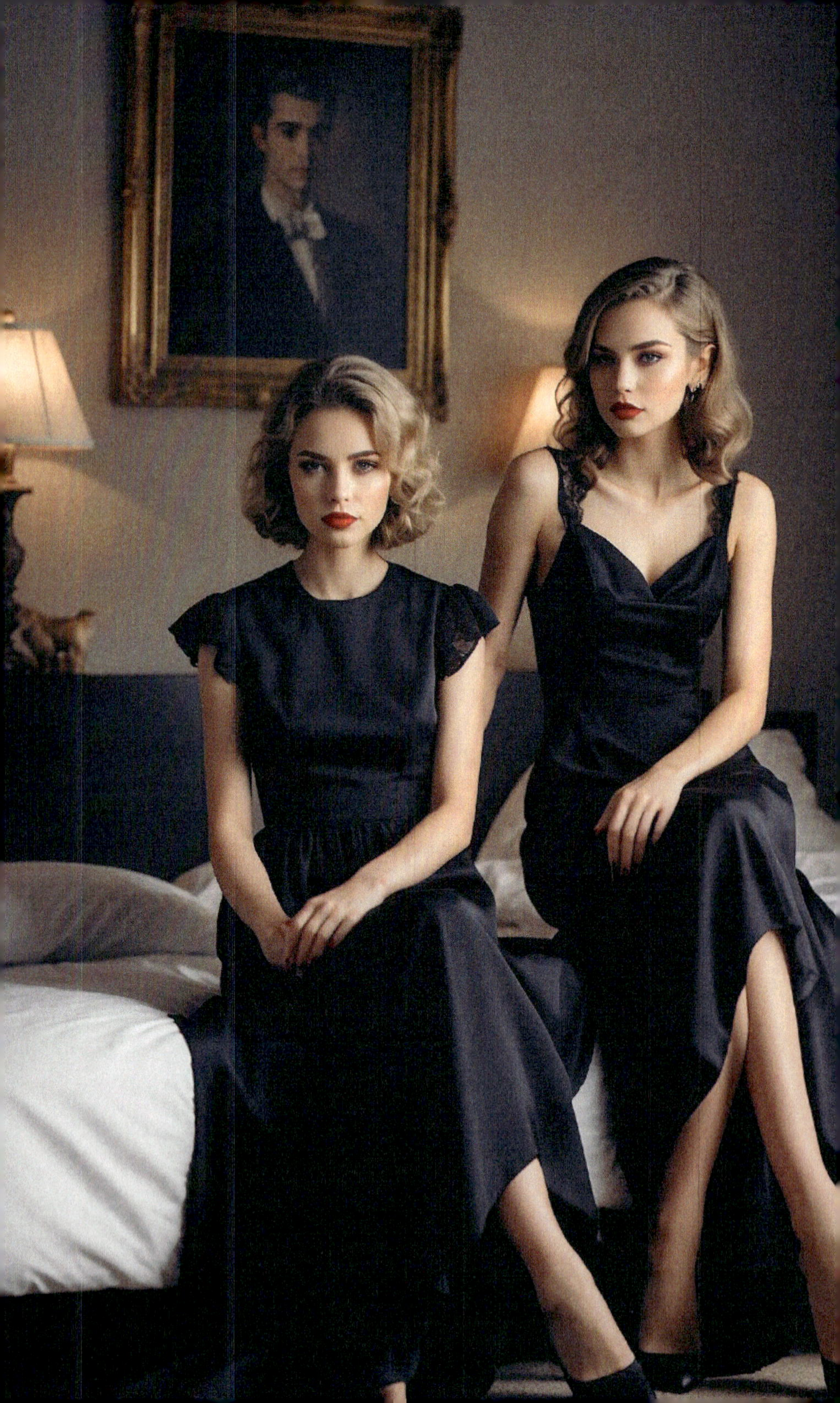

Imitazione

Tra le serate, ad accudir il tenero infante,
La giovane babysitter, cuore palpitante.
Nella stanza da letto, luccichio e desiderio,
Un gioco di scambio, magia e delirio.

Con audacia, nel suo rituale segreto,
Indossava il suo intimo, vestiti e gioielli, distesa nel letto.
Rossetto rubato, segreto sussurrato,
La babysitter, della signora, un sogno intrappolato.

Vestita di lusso, di desiderio e ardore,
La babysitter sognava, un gioco di amore.
Con gioielli scintillanti, come stelle in notte,
Si perdeva nelle sue carezze, nella luce più calda.

Ma dietro la porta, la signora nell'ombra,
I suoi vestiti indossati, un desiderio che sgorga.
Nel gioco d'imitazione, sospesi nel desiderio,
Due vite intrecciate, in un mondo senza confine.

Babysitter e signora, in un attimo segreto,
Un caleidoscopio di emozioni, di sogni e risveglio.
Tra gioielli e rossetto, il tempo si perdeva,
Nel mistero di notti, il desiderio si rivelava.

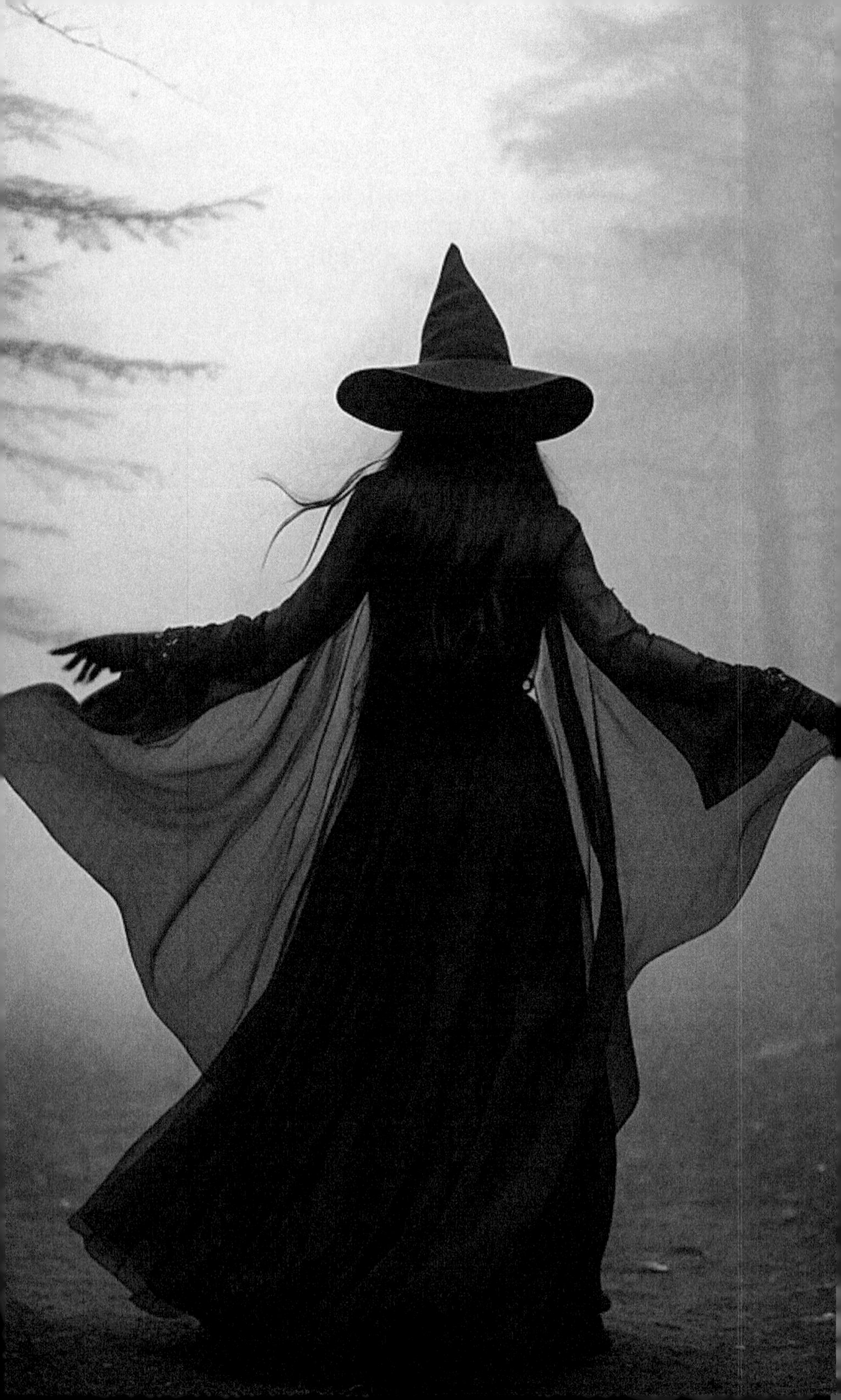

Strega

Tra le colline innevate, giovane e amata,
Nel villaggio la luce, la sua bellezza incantata.
Ma l'invidia serpeggia tra gli animi malvagi,
Facoltosi gelosi, desideri come selvaggi.

Rifiutò lusinghe, un cuore inalterato,
Ma la malevolenza crebbe, un destino svelato.
Bersaglio di ignoranza e crudele malignità,
Esiliata nei boschi, un'oscura realtà.

Vagando nei sentieri, la montagna chiamò,
Spirito oscuro, un patto si creò.
L'anima venduta, poteri in mano,
Strega temuta, nel bosco sovrano.

Bella e maestosa, sensualità sottile,
Lanciava incantesimi, nel bosco difficile.
Nebbia avvolgeva, sentieri confusi,
Persi animi, servi oscuri diventati d'uso.

Nel regno dell'oscurità, ella danzava,
Vendetta tessuta, come un'ombra che abbraccia.
Il prezzo pagato, il destino ormai segnato,
La strega nel bosco, potere e incanto.

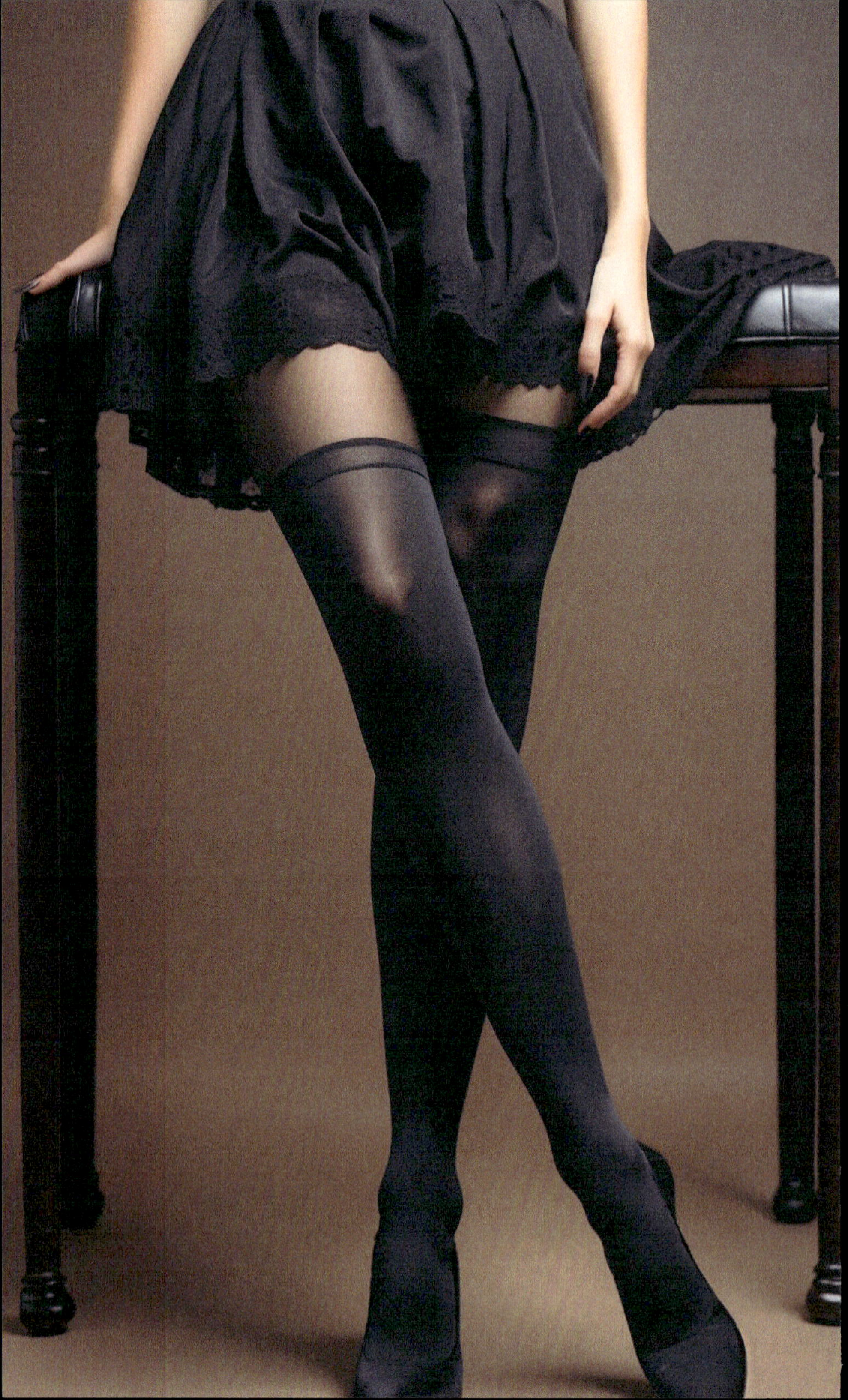

Velate

Tra lunghe gambe che danzano, ardenti,
Una donna, fascino nei movimenti.
Tono muscolare, bellezza sottile,
In quel corpo, un'arte che brilla.

Calze nere, armatura elegante,
Seduzione avvolta, cuori in balia.
Mostra senza mostrare, un gioco sottile,
Accavalla le gambe, il desiderio immobile.

Con grazia sfrontata, il suo fare accende,
Passione sfuggente, cuori sospesi.
Momenti rubati, come attimi segreti,
In quell'arte, il peccato si difende.

Curvatura simmetrica, un gioco di suggestioni,
Prede sospirate, nelle sue visioni.
Fingere di aggiustare, curare il dettaglio,
In quel tuffo profondo, il desiderio sfugge.

Vietato toccare, ma la tentazione sussurra,
Le gambe sode, l'attrazione murmura.
Sensualità e peccato, un intricato destino,
In quel gioco di secondi, il divieto è divino.

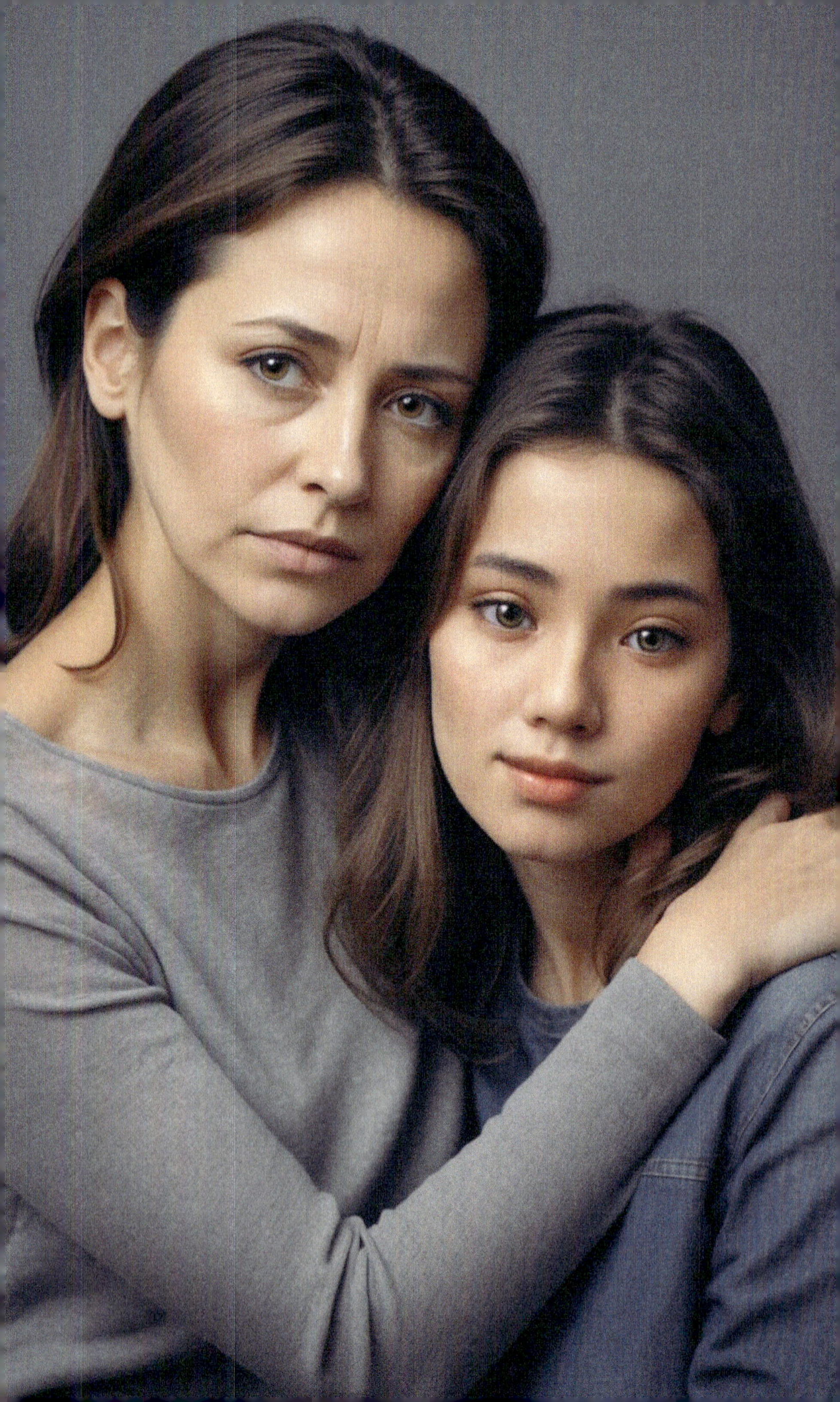

Rivale

Tra i ricordi fissati su carta,
Una madre vede il tempo che scivola, amara.
Nello scatto con la giovane figlia in fiore,
L'istante immortalato, tristezza nel suo cuore.

Sentimenti insani, un turbinio oscuro,
Nella mente di una madre, un tormento impuro.
Vorrebbe tornare giovane, essere bella ancora,
La foglia in fiore, una rivale che il mondo adora.

Invidia si insinua, il sentimento traditore,
Nel cuore di una madre, cresce l'orrore.
La bellezza della figlia, il mondo pronto ad abbracciare,
Il desiderio segreto, difficile da confessare.

Colpe si fanno spazio, pesano sul cuore,
La madre sogna strappare quell'istante, quel dolore.
La foto maledetta, irritante e crudele,
Invidia e colpa, una tempesta fedele.

Ma una madre non può strappare la bellezza,
Della figlia in fiore, una gioia inesausta.
Pensieri oscuri, nel silenzio li affronta,
Nel cuore di una madre, l'amore resta.

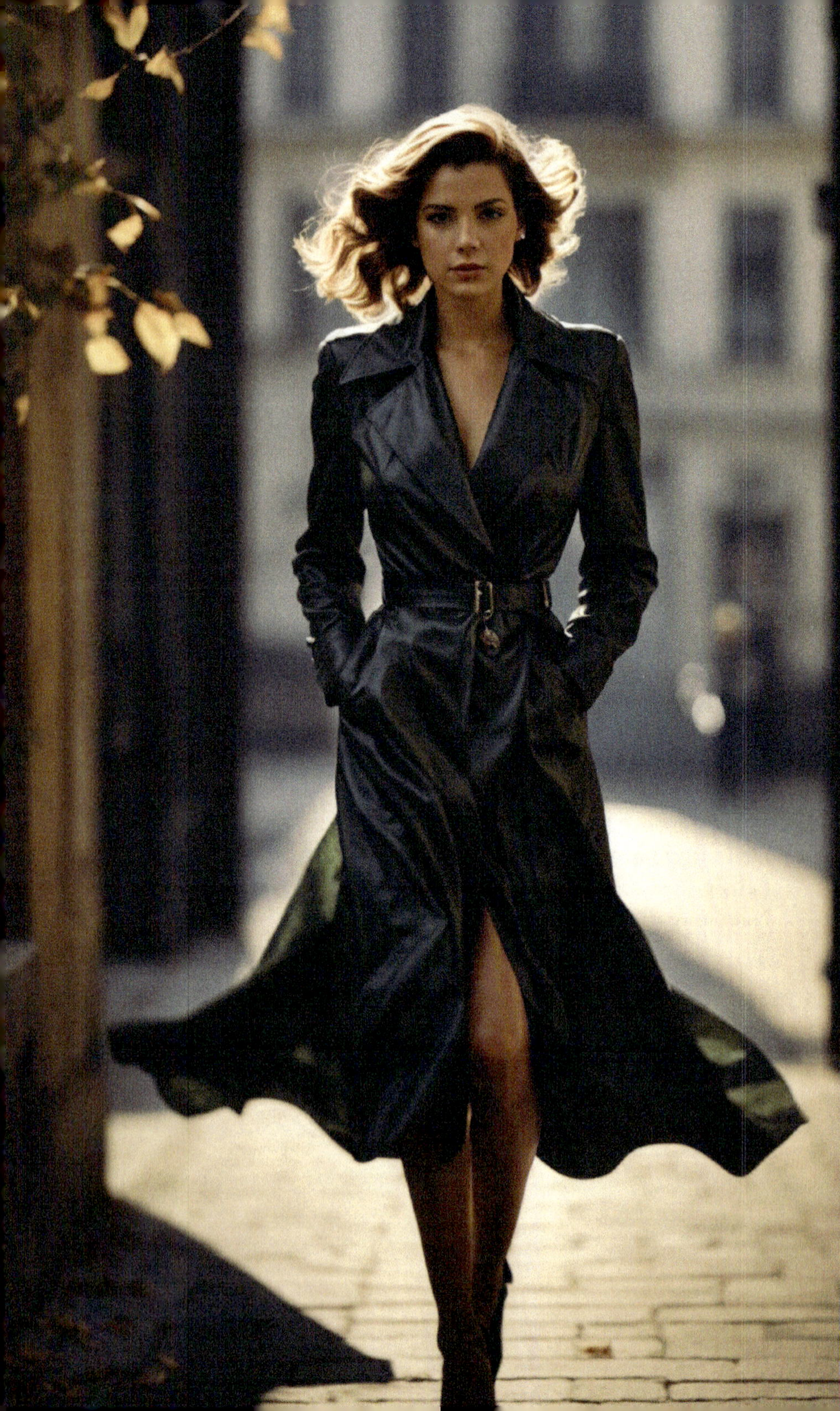

Intrigo

Tra ombre danzanti, sussurri di segreti,
La spia emerge, affascinante nei suoi detti.
Sensuale, le sue armi di seduzione,
Traspasa confini, vendendo l'anima alla tentazione.

Denaro e lusso, il suo destino è brama,
Una vita nel pericolo, cibo per un'anima inquieta.
Temeraria, sleale, la trama si dispiega,
Intrighi tessuti in notti tese come una rete.

Bella al punto che uno sguardo incanta,
Fa cadere governi, uomini fragili alla sua luce.
La spia, regina di inganni e artifici,
Femme fatale, il suo nome inciso nel vento.

Tra tradimenti e giochi pericolosi,
Cammina il filo sottile dell'inganno.
Il destino scritto nelle notti senza riposo,
La spia, donna di mistero, avvolta nel suo velo.

Sotto cieli stellati, notti senza fine,
La sua figura si snoda come un serpente.
Nel buio, i suoi occhi brillano di malizia,
La spia, un'ombra che danza, in eterno equilibrio.

Nelle strade dell'inganno, ella si perde,
Tra segreti nascosti e vite da tradire.
Il cuore gelido, maschera di un'anima ardente,
La spia, regina della notte, segue il suo corso.

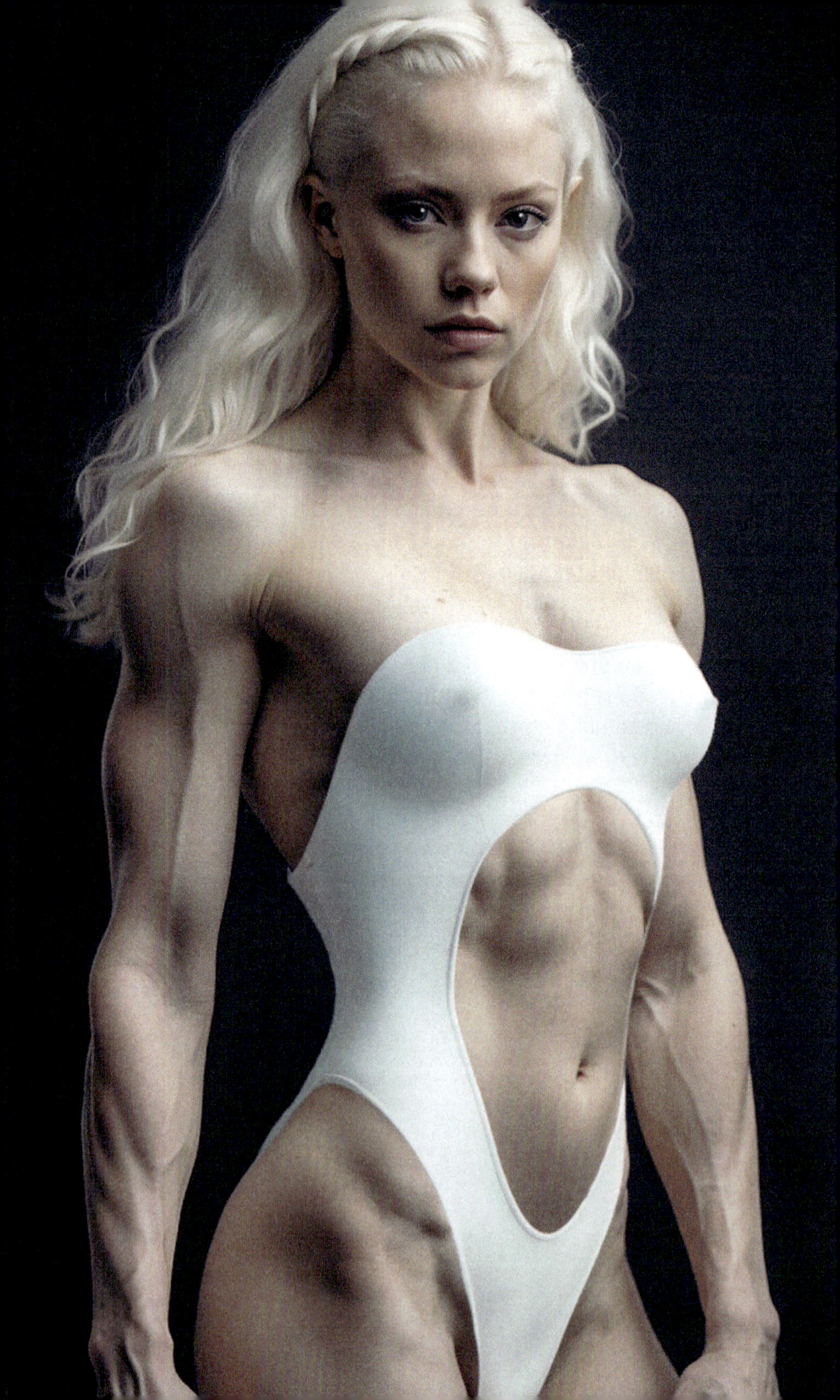

Perfezione

Tra le nebbie della vanità, lei s'immerge,
Una donna dal corpo perfetto, bellezza eterea emerge.
Ma non le basta, vuole più, oltre l'umano,
Dieta ferrea, esercizi sfiancanti, un destino insano.

Scolpisce il suo corpo come marmo di antichi templi,
Nelle sue mani, una statua di desideri estremi.
Lo specchio giudice, severo nell'analisi,
Ma è la mente, spugna assetata di perfezione, che persiste.

Diete e pesi, sacrifici sulla via dell'apparenza,
La mente obnubilata, immersa in questa danza.
Nello specchio, ricerca una bellezza irreale,
Un desiderio inarrivabile, un sogno banale.

Persiste nel suo scopo malato di perfezione,
Trasformare il corpo in statua, folle ossessione.
Sacrifica una vita, gioiosa e piena di esperienze,
All'altare della vanità, prigioniera delle apparenze.

Nel richiamo della follia, danza come stregata,
Una statua vivente, ma la vita le scivola via.
Tra esercizio e privazione, illusioni di perfezione,
Si perde la gioia, in un'incessante ricerca di correzione.

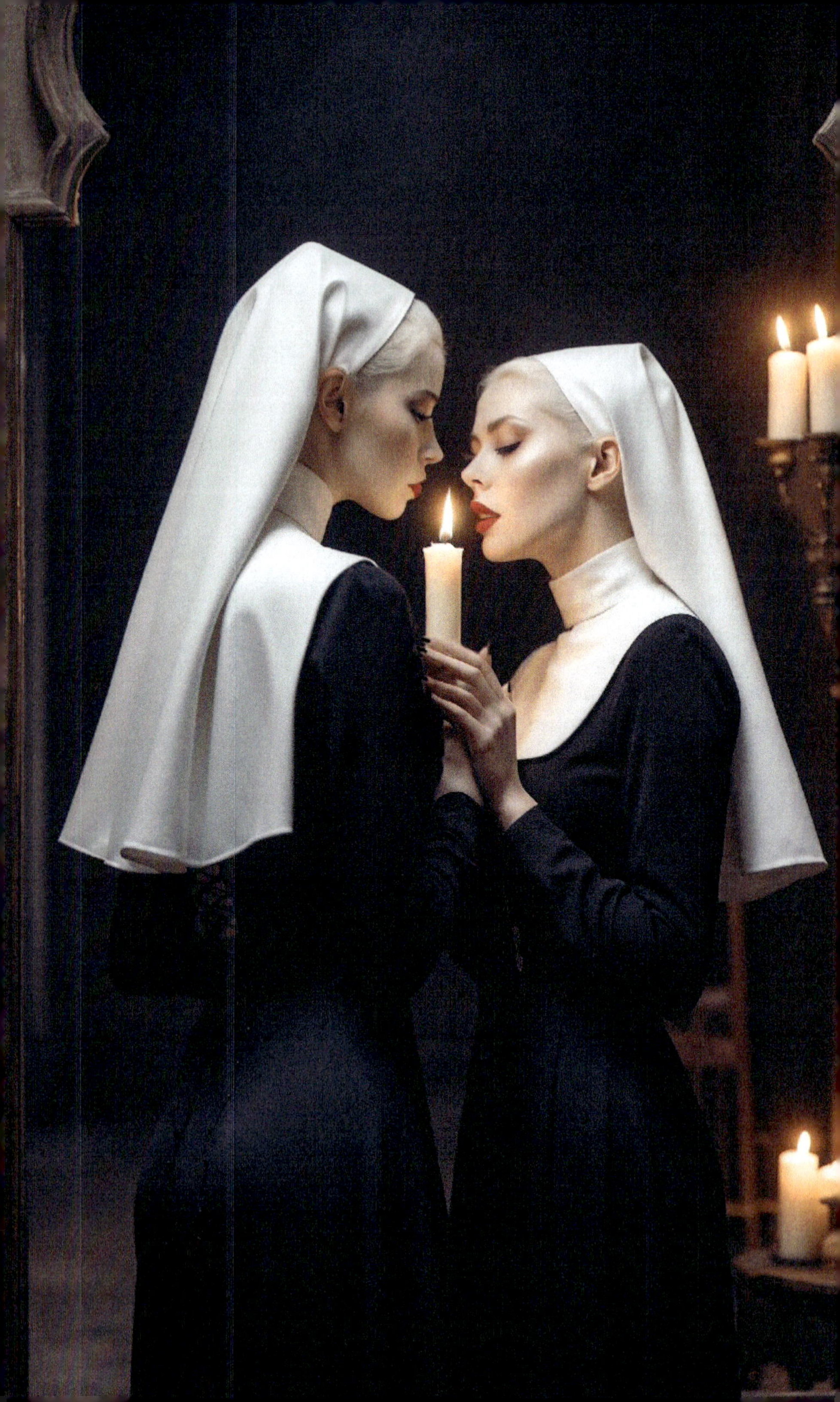

Richiamo

Tra mura antiche, in un convento di clausura,
Due novizie s'abbandonano all'avventura.
Stanze nascoste, polverose di segreti,
Incontri rubati, come promesse tra i fiori segreti.

A lume di candela, il loro giovane viso,
Pieno di desiderio, nel mistero indeciso.
Baci e carezze, gesti ribelli,
Scoperte proibite tra i loro sguardi teneri.

Il convento, un labirinto di rinunce,
Ma il cuore desidera, le passioni annunce.
Nella clausura, un richiamo irresistibile,
Scoprire oltre la regola, il loro desiderio indomabile.

Il silenzio delle mura custodi di peccati,
Le novizie si cercano, legate da destini scritti.
Il candore del velo, contrasto al desiderio ardente,
Incontri segreti, rubati nel tempo fervente.

In quelle stanze, un mondo sospeso,
Dove il divieto si fa canto teso.
Il richiamo del cuore, più forte della clausura,
Due giovani anime, in un amore che sfida ogni giura.

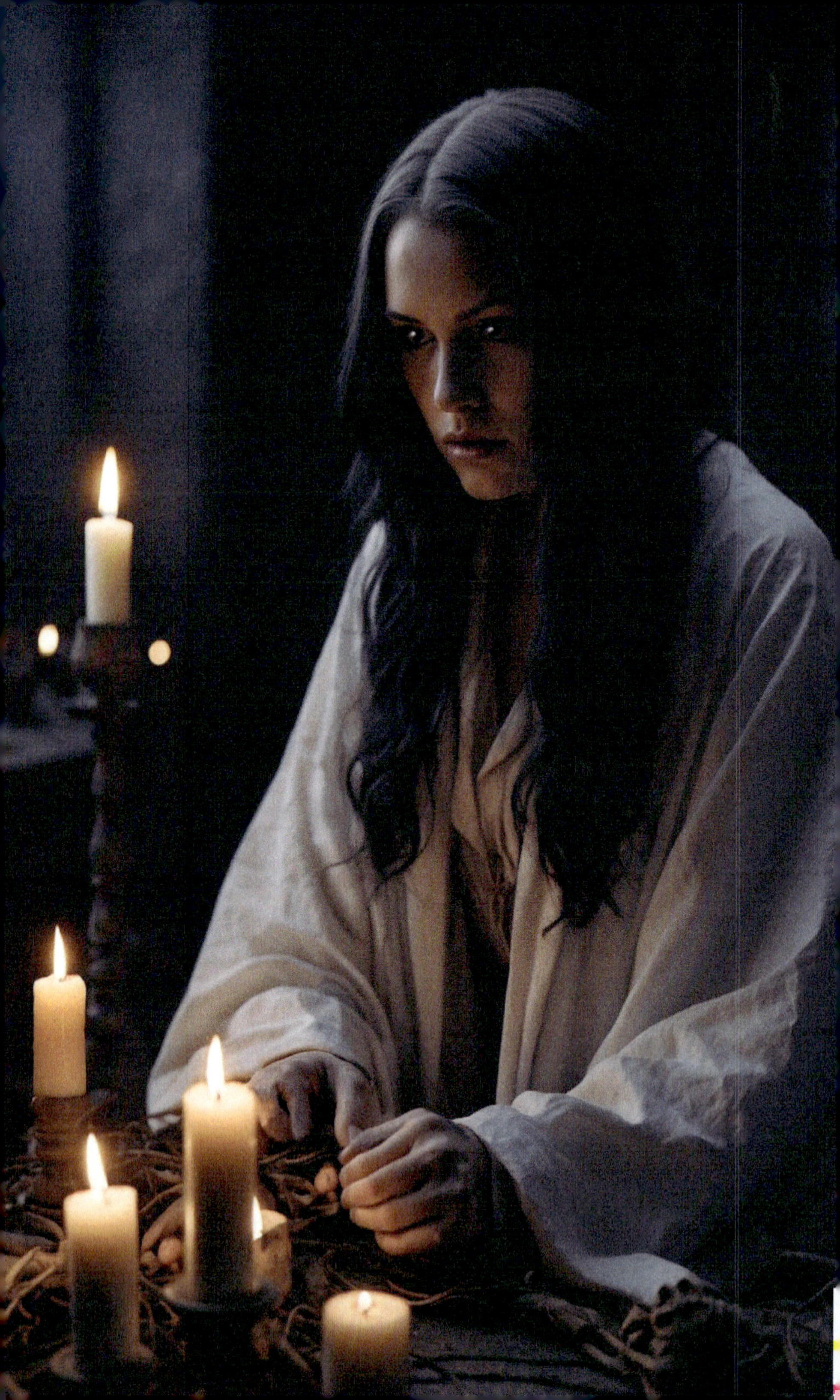

Furtiva

In notti insonni, l'attrazione cresce,
Una donna sola, un marito andato.
Della figlia il giovane sposo, fiamma ardente,
Accende una passione, incessante.

Tra fessure e porte socchiuse, sguardi furtivi,
La madre cede al desiderio, come sogni intuitivi.
Tra le ombre della colpa, il desiderio si fa carne,
La bramosia si manifesta, come fili nel mondo.

Tra radici intrecciate, segreti nascosti,
La madre conduce un rituale silenzioso.
Una pozione magica, dalla radice creata,
Che nel sonno profondo, l'anima avvolta.

Tra l'ombra furtiva, nascosta dietro la porta,
La madre spiava, il cuore gonfio di scorta.
Sotto lenzuola di notti appassionate,
I due giovani, nel loro amore intrecciato.

Silenziosa osservatrice della passione rubata,
Nel buio della notte, la madre intrappolata.
Amplessi sussurrati, segreti nell'aria,
La sua presenza, un'ombra che s'insinua.

Giacere con il giovane, un'estasi surreale,
Nelle profondità del sonno, figlia ignara, addormentati.
Radici antiche hanno dato il sonno, il confine dell'incanto,
Una donna dannata, del giovane ha approfittato.

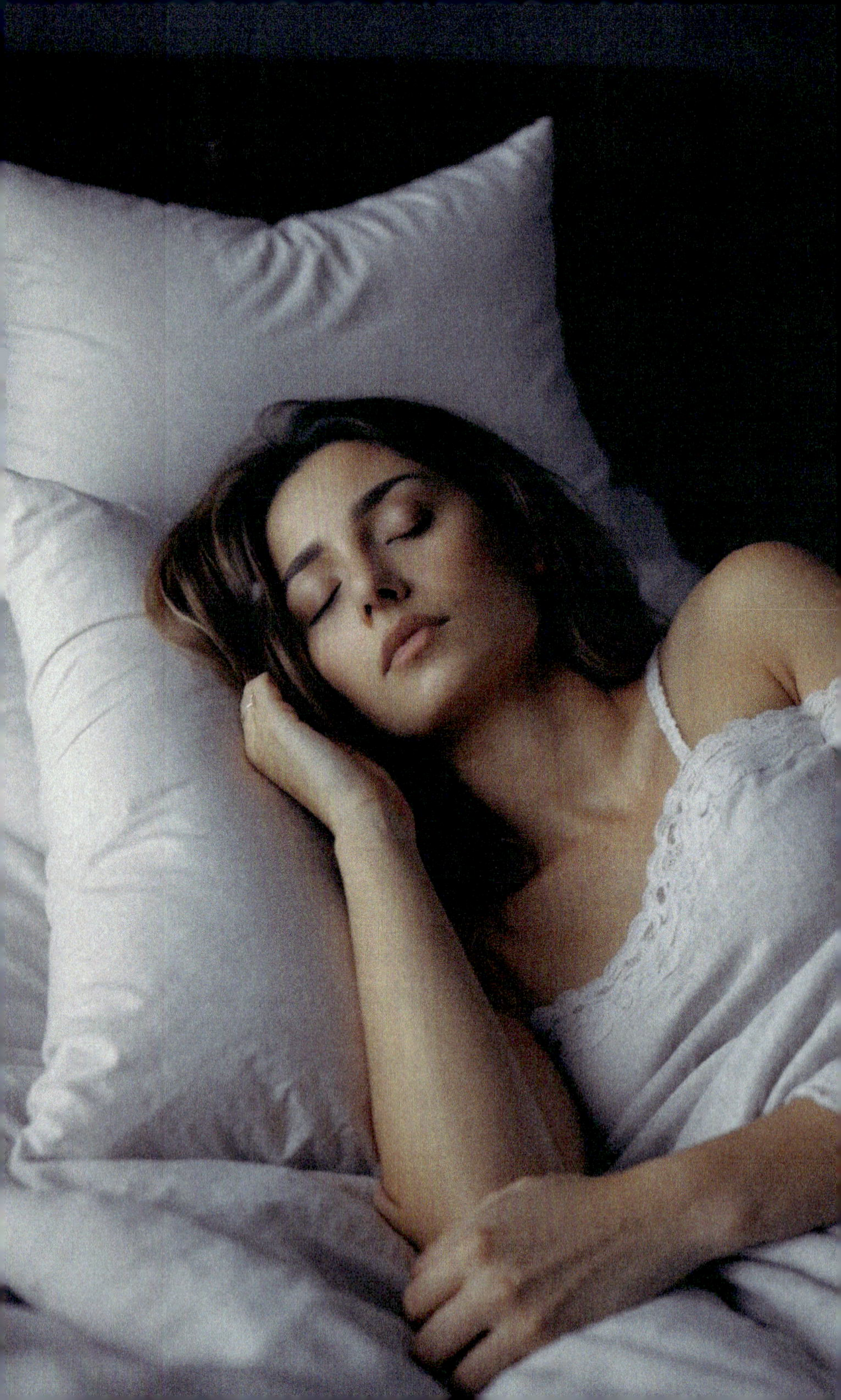

Consapevole

Tra le mura domestiche, la madre bellezza e grazia,
Avvolta In fascino sensuale, desideri sottintesi raccolti.
Gli amici del figlio, attratti dalla sua luce,
Innocenti sguardi rubati, giochi e serate avvolte.

Vestaglia trasparente, prepara delizie in cucina,
Mentre la TV accompagna giornate e fantasie vicine.
Nel pomeriggio di riposo, nella grande casa uno smarrito,
Si imbatte nella donna, il desiderio imprevisto.

Attraverso fessure d'ombra, la donna riposa serena,
Il giovane osserva, tentato dalla scena.
La porta semi chiusa, invita all'intrigo,
Entrare furtivamente, un desiderio antico.

Uno sguardo, un lembo di lenzuola scostato,
Rivelerebbe grazie, desideri nascosti, accontentato.
La madre, consapevole, finge il sonno profondo,
Lasciando che il giovane, carezze e sguardi faccia giocondo.

Astuta e insinuante, lei si muove con abilità,
Simula un cambio di posizione, una mossa sottile.
Svela parte del suo corpo, giocando col desiderio,
Invita il giovane a scrutare, sotto le lenzuola con sottile piacere.

Coinvolta piacevolmente, nel gioco seducente,
Lascia che il giovane, la sua bellezza ammiri, compiacente.
Nella penombra, un intreccio di desideri incontenuti,
Tra lenzuola e sguardi, il piacere è condiviso e nutrito.

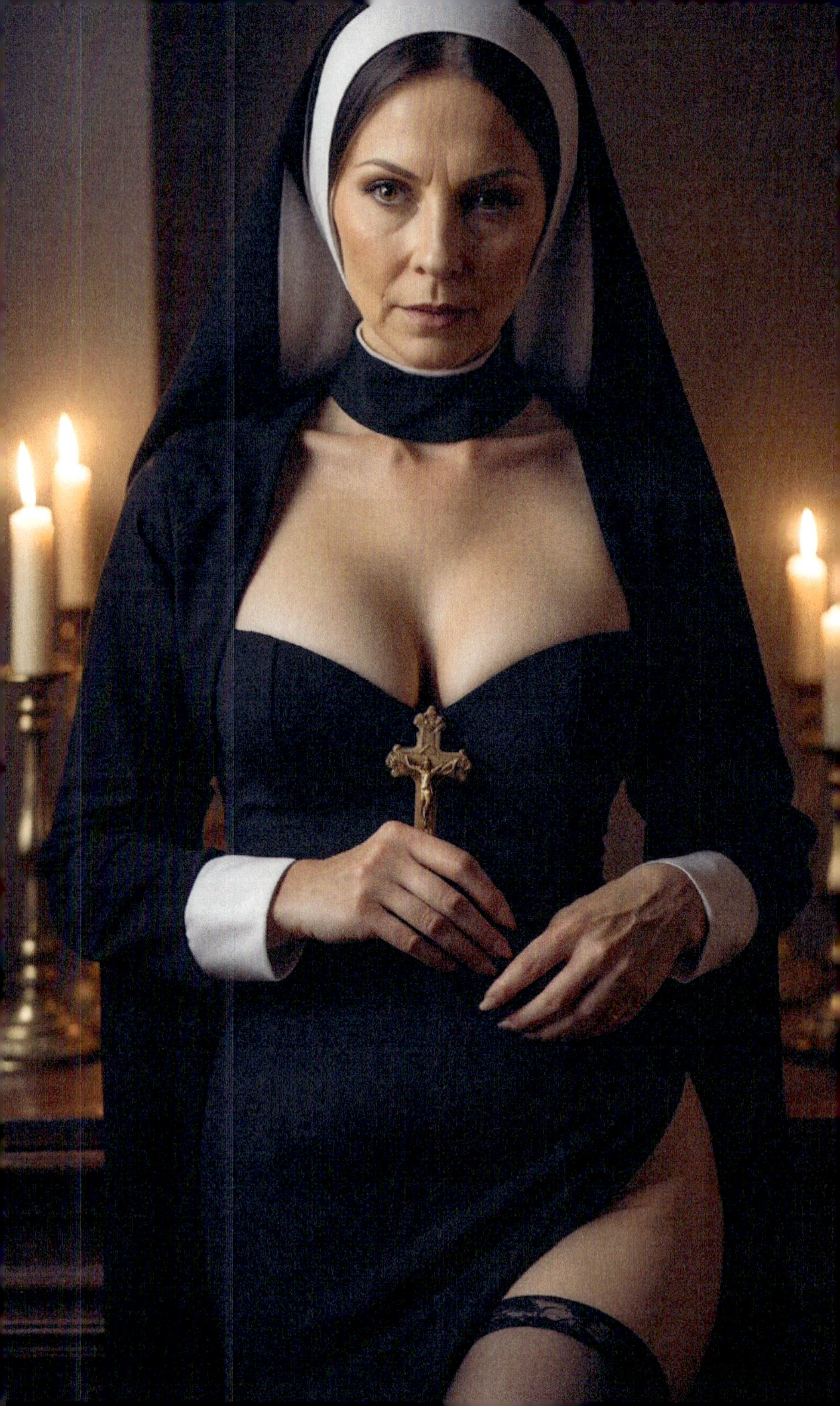

Giochi

Nel convento avvolto nel silenzio,
La madre superiora, regina di un oscuro incanto,
Danzava tra le ombre del suo segreto,
Passionale e ardente, in un ruolo di santo.

Indossava intimo nero, calze seducenti,
Sotto l'abito consacrato, un peccato che sgretola.
Nella sua stanza, un santuario di tentazioni,
Davanti allo specchio, il gioco della sensualità si svela.

Giovani novizie, farfalle al cospetto della tentatrice,
entrano una dopo l'altra, nel suo regno segreto.
Giochi di controllo, danze di seduzione,
il convento diventa palcoscenico di un peccato discreto.

Trucco abile, uno sguardo esperto di suggestioni,
Novizie inermi, sottoposte al suo comando.
Nella penombra consacrata, tra l'incerto e il desiderato,
La madre superiora si erge come regina del peccato,
Un sogno dannato.

Tra mura di pietra e veli di castità,
Il convento dimora di un dramma oscuro.
Giochi proibiti, sguardi che accendono fiamme,
La madre superiora, una regina nell'arte della seduzione impura.

Indice

Esilio	7
Egoismo	9
Metamorfosi	11
Solitudine	13
Riflessi	15
Vendetta	17
Fuoco	19
Sangue	21
Tormento	23
Eternità	25
Indesiderato	27
Incatenati	29
Consolazione	31
Pazzia	33
Invidia	35
Algida	37
Proibito	39
Veleno	41
Confini	43
Legame	45
Potere	47
Dominio	49
Fuga	51
Ingenuità	53
Miseria	55
Imitazione	57
Strega	59
Velate	61
Rivale	63
Intrigo	65
Perfezione	67
Richiamo	69
Furtiva	71
Consapevole	73
Giochi	75

Autore

Marco De Archangelis, nasce a Lanciano nel 1969. Poliedrico artista, coniuga il suo talento nelle parole e nell'arte visiva. Scrittore, digital artist, illustratore e fotografo, crea opere che esplorano e celebrano la figura femminile in tutta la sua complessità.

La sua arte è un equilibrio affascinante tra la potenza e la grazia, catturando la bellezza e la forza delle donne attraverso un'oculata fusione di parole e immagini.

Con uno sguardo distintivo, Marco dà vita a narrazioni visive e letterarie che risplendono di sensualità e potenza, plasmando un universo artistico unico e coinvolgente.

Ringraziamenti

Esprimo la mia sincera gratitudine a tutte le persone che hanno reso possibile il mio percorso artistico.

Alla mia famiglia, il nucleo che ha alimentato il mio crescere, per il costante sostegno e amore.

Ai miei amici.

Ai mentori e Maestri dell'Arte che hanno illuminato il mio cammino della conoscenza.

Un sentito ringraziamento a tutti coloro che hanno attraversato la mia vita, lasciando un'impronta indelebile.

Infine, grazie a chi dedicherà il suo tempo a legge queste parole.